गीत प्रसंग

सम्पादक

सौरभ पाण्डेय

redgrab books

AF766238

गीत-प्रसंग (गीत/नवगीत संकलन)
संपादक - सौरभ पाण्डेय

प्रकाशक : **रेडग्रैब बुक्स**
942, मुट्ठीगंज, इलाहाबाद-3 उत्तर प्रदेश, भारत
वेबसाइट - www.redgrabbooks.com
ईमेल - contact@redgrabbooks.com

संस्करण : प्रथम, जनवरी 2018

ISBN : 978-93-87390-13-3
आवरण : श्री कम्प्यूटर्स, इलाहाबाद
टाइप सेटिंग : श्री कम्प्यूटर्स, इलाहाबाद

सर्वाधिकार : प्रकाशक

संपादकीय

हम यह मान लें, कि गीत बस गीत हैं

धमनियों में बहता हुआ रक्त-प्रवाह भी एक विशेष लय में ही संचरित होता है। इसके संचरण की एक विशिष्ट आवृत्ति हुआ करती है, जिसका नियत बने रहना उक्त तन के अच्छे स्वास्थ्य का परिचायक होती है। लोक-चेतना तथा समृद्ध एवं सबल संस्कृति के साथ गतिमान समाज ऐसी ही सरस आवृत्तियों से सधा हुआ होता है। ऐसे समाज का लोक अपने अनुभवों और अपनी अनुभूतियों को संप्रेषित करने के क्रम में उत्तरोत्तर वैधानिक होता जाता है। यही वैधानिकता, सम्प्रेषण के व्याकरण तय करती है, जो समयानुसार साहित्यिक विधाओं के मानक तय करने का आधार हो जाता है। यह क्रम दीर्घकालीन भले ही हो, परन्तु सतत परिवर्तनीय है। लोक-संप्रेषण में होता हुआ यह सतत परिवर्तन, अभिव्यक्ति के विधान का स्थायी स्वरूप भी है। आगे चलकर संप्रेषण-माध्यम के अनुरूप अभिव्यक्तियों को वैधानिक शिल्प मिलना आवश्यक हो जाता है। यहीं से कोई संप्रेषण क्रमशः लयबद्ध होता हुआ गीत के रूप में सामने आता है। गीत, नवगीत या गेय रचनाएँ भावानुभूतियों के ही कई स्वरूप हैं। गेय-रचनाओं, (गीत भी समझें) के सभी तरह के स्वरूपों के वैधानिक ही नहीं, प्रस्तुतीकरण के हिसाब से भी अपने-अपने मान्य आग्रह हुआ करते हैं। एक समय था, लोक-समाज में गीत, श्रव्य हुआ करते थे; इसी कारण, छंदों में शाब्दिक चमत्कार को निरूपित करने के लिए अलंकारों आदि की आवश्यकता बनी। उससे पूर्व नाट्यशास्त्र के नव-रसों के माध्यम से पद्य-प्रस्तुतियों को श्रेणीबद्ध करने का साग्रह प्रयास किया गया था, ताकि कोई शाब्दिक-संप्रेषण, मानवीय मनोदशा की आवश्यकता के अनुसार हुए शाब्दिक-निवेदन के सापेक्ष इकाईगत किया जा सके। इकाईगत हुआ ऐसा हर संप्रेषण, व्यावहारिक रूप से मानवीय संवेदनाओं को गहरे प्रभावित करता है। सभ्यता की विकास यात्रा में सांस्कारिकता के अपने उसूल रहे हैं। सृष्टि के मुख्य दो अवयवों; व्यष्टि-समष्टि से बँधा गीत वस्तुतः मानवीय चेतना का ललित शब्द-स्वरूप है। विभिन्न भावों को ग्रहण कर उसकी वैयक्तिक अभिव्यक्ति, मानवीय विशिष्टता है।

गीत, नैसर्गिक अभिव्यक्ति का गेय रूप हैं। गीतों का सम्बन्ध हृदय से हुआ करता है। तभी कहते हैं, गीत शाश्वत हैं। क्योंकि सारी सृष्टि ही भावमयी है, यानी, गीतमयी है। सृष्टि के समस्त अवयव एक विशेष लय से संस्कारित और क्रियाशील होते हैं। प्रारम्भ से ही लोकमानस, लयबद्ध अभिव्यक्तियों में अपने विभिन्न भावों को संप्रेषित करता रहा है। यही अभिव्यक्तियाँ आगे चलकर गीति-प्रतीतियों का आधार बनीं। गीत,

मानवीय मन के उल्लास या संत्रास तथा परिवर्तनजन्य स्थितियों-परिस्थितियों को समान रूप से अभिव्यंजित करते रहे हैं। मनुष्य, सामूहिक तौर पर जीता हुआ प्राणी होने के कारण अपनी वैयक्तिक अनुभूतियों को सामूहिक-प्रभावों से संवेदित हुआ पाता है। भारतीय समाज ने प्रारम्भ से ही, अर्थात सैकड़ों-हज़ारों साल से, गीत को वैयक्तिक और सामाजिक अभिव्यक्ति का माध्यम बनाया है। कथ्य और इंगितों के हिसाब से गीतों का फैलाव बहुत ही विस्तृत हुआ करता है। बहुसंख्य आमजन अपने सुख-दुःख, हर्ष-विषाद, उत्साह-उमंग, उल्लास-विषाद, अभ्यास-संघर्ष आदि-आदि भावनाओं की सहज अभिव्यक्ति गीतों के माध्यम से करते रहे हैं। जीवन यापन और जीवन व्यवहार के सभी अवसरों, ऋतुओं, उत्सव-त्यौहारों एवं भौतिक-वैचारिक-सामाजिक-आध्यात्मिक व्यापारों के लिए भिन्न-भिन्न गीत उद्भूत हुए हैं। प्रकृतिजीवी-श्रमजीवी समाज के लिए गीत अनादि काल से उसकी जीवनी-शक्ति का पर्याय हैं। इनके माध्यम से वह अपनी सामूहिकता को स्वर देता हुआ अपनी व्यक्तिगत भावनाओं को भी अभिव्यक्त हुआ पाता है। गीतों के माध्यम से समाज के सभी वर्गों के लोगों के सामाजिक, आर्थिक, राजनीतिक और सांस्कृतिक आयामों को अत्यंत ही संवेदनशील और सार्थक अभिव्यक्ति मिलती रही है। अतः हम कह सकते हैं कि गीत वह काव्य रचना है जिसकी परिणति, व्यापक जन-समूह द्वारा गाया जाना है अर्थात, गेय होना गीत के लिए अनिवार्य शर्त है। सुप्रसिद्ध जनवादी गीतकार नचिकेता का मानना है कि 'जो गेय नहीं है, वह गीतात्मक कविता हो सकती है, लेकिन गीत कदापि नहीं। इसका अभिप्राय यह भी नहीं है, कि जो रचनाएँ गेय हैं वे सभी रचनाएँ गीत हैं। दरअसल, गीतात्मक आंतरिकता की रूपात्मक अभिव्यक्ति ही गीत है।'

अर्थात, यह स्पष्ट है, कि गीतों में गेयता उसमें प्रयुक्त हुए शब्दों के विन्यास में सुगढ़ मात्रिकता के कारण संभव हो पाती है। गेयता केवल भाव-आवृतियों की शाब्दिकता पर बलात स्वराघात से संभव नहीं हो सकती। शब्दों की सुगढ़ प्रतिस्थापना एवं मात्रिकता के कारण ही गीत गेय, सरस तथा कर्णप्रिय हो पाते हैं। गीत चाहे जिस तरह का क्यों न हो, इस उक्ति को आधारभूत नियम की तरह स्वीकार किया ही जाना चाहिए। गेयता और सांगीतिक बिन्दु गीतों के लिए अपरिहार्य हैं। गीत-रचनाओं में विचारों के अन्तःसंगीत तथा कथ्य को संप्रेषित करते शब्दों के बीच संतुलित और व्यावहारिक सम्बन्ध का होना आवश्यक है। एक स्तर पर छन्दानुशासन से बाहर होना तथा गीतों के होने की कल्पना करना अन्यथा प्रयास ही माना जाएगा। गेयता और सांगीतिक लयात्मकता किसी रचना के गीत होने की कसौटी होती हैं। 'वेद की ऋचाओं को गाने के लिए छन्दबद्ध कर उन्हें गेय बनाया गया। वैदिक ऋचाएँ वैदिक संदेश को प्रचारित और प्रसारित करने में बहुत सहायक हुईं। इन्हें हम गीत का आदिम स्वरूप भी कह सकते हैं। सामवेद, जिसमें छान्दसिकता का मूल स्वरूप स्पष्ट रूप से द्रष्टव्य है, के अनुसार गीत के चार प्रकार हैं - (1) ग्राम्य गीत, अर्थात लोकगीत (2) अरण्यगीत,

यानी आदिवासी गीत (3) ऊहगीत, अर्थात, विचार प्रधान गीत, यानी साहित्यिक गीत (4) ऊहागीत, यानी, राग-रागिनियों का आश्रय लेकर रचे गये गीत, जो वाद्‌ययंत्रों की सहायता से गाये जाते हैं।

एक गीतकार अपनी गीत-रचना के माध्यम से अपने को व्यष्टि के सापेक्ष अभिव्यक्त करता है। इस क्रम में अपने अनुभवों को समाज के अनुभवों के साथ जोड़ कर अपने आप को सामाजिक सम्बन्धों के साँचे में ढालकर सामाजिक दृष्टि से एक अत्यंत ही महत्त्वपूर्ण कृति को प्रकाश में लाता है। प्रत्येक सार्थक गीत वस्तु से चेतना का और समाज से व्यक्ति का ऐतिहासिक सम्बन्ध निरूपित करता हुआ सामने आता है। यह सम्बन्ध रचना में जितना अधिक स्पष्ट और विशिष्ट होगा, गीत उतना ही सशक्त और अर्थवान होगा। कोई गीत कवि के अंतर्निहित भावों-भावनाओं तथा उसकी भाषा के सामंजस्य की कलात्मक उत्पत्ति होता है; ऐसा कि, भाव और भाषा के स्वर रचना के माध्यम से गूँजने लगते हैं और समाज के लिए भी सहज स्वीकार्य हो जाते हैं। भाषा के सापेक्ष आचार्य रामचन्द्र शुक्ल के मत के अनुसार 'पण्डितों की बँधी प्रणाली पर चलने वाली काव्यधारा के साथ-साथ सामान्य अपढ़ जमात के बीच एक स्वच्छन्द और प्राकृतिक भावधारा भी गीतों के रूप में चलती रहती है, ठीक उसी प्रकार जैसे बहुत काल से स्थिर आती हुई पण्डितों की साहित्य भाषा के साथ-साथ लोकभाषा की स्वाभाविक धारा भी बराबर चलती रही है। जब पण्डितों की काव्य भाषा स्थिर होकर उत्तरोत्तर आगे बढ़ती हुई लोकभाषा से दूर निकल जाती है और जनता के हृदय पर प्रभाव डालने की उसकी शक्ति क्षीण होने लगती है; तब शिष्ट समुदाय लोकभाषा का सहारा लेकर अपने काव्य परम्परा में नया जीवन डालता है।' यह उद्‌घोषणा ऐसा सत्य है जो काव्य के शैल्पिक ही नहीं, बल्कि उसके अंतर्निहित संप्रेषण के बिन्दुओं की भी परीक्षा लेता है। रचना-प्रक्रिया कैसे अपने समय के पारम्परिक स्वरूप से आगे बदलाव की पटरी पर चल पड़ती है, यह उक्ति उसका कारण बताती है। कहने का तात्पर्य है कि गीत-प्रक्रिया में लोक और लोकभाषा की महत्ता को स्पष्ट तौर पर स्वीकार किया गया है।

लोक, वस्तुतः सुदूर अतीत से लेकर आज तक की मानवीय यात्रा की अनुभूतियों का समेकित निरूपण हुआ करता है, अर्थात, लोक, भौतिक रूप से महसूस होता हुआ भी एक भाव-शब्द है, जिसका अर्थ सांस्कृतिक-समृद्धि द्वारा निरंतर निषेचित हो रहे समाज का वर्तमान होता है। यही लोक, हमारी गीत-यात्रा का भी निर्धारण करता है। यह लोक ही अपने अभिव्यक्ति-व्यवहार में तमाम भाव-भावनाओं को प्रवाह में अभिव्यक्त करता है, जो गीतों का आधारभूत टेक हुआ करते हैं। भारतीय समाज कृषि और श्रम पर निर्भर समाज रहा है, अतः सुख-दुःख, हर्ष-विषाद आदि-आदि के भाव, गीतों में विशद रूप से मुखर हुए हैं। भाव के अनुरूप प्रयुक्त हुए लयबद्ध शब्द ही गाये

जाते हैं। चूँकि लोक-समाज का मूल व्यवहार स्थायी नहीं होता, बल्कि यह सदैव परिवर्तनीय हुआ करता है, अतः, कथ्यों के बिम्ब एवं प्रतीक तथा इनके हेतु भी कालबद्ध हुआ करते हैं। पद्य-साहित्य के इतिहास में गीतों के सापेक्ष कई बार ऐसा समय आया है, जब रचनाओं में कथ्य के तथ्य प्रभावी नहीं रह गये थे। रचनाओं से 'क्यों कहा' गायब होने लगा और 'कैसे कहा' का शाब्दिक व्यायाम महत्त्वपूर्ण होने लगा था। अभिव्यक्तियाँ, वाग्विलास और शब्द-कौतुक या अर्थ-चमत्कार की पोषक तथा आग्रही भर रह गयीं। एक समय ऐसा आया कि भाषा-शिल्प की बनावट, विषयवस्तु और संवेदना के धरातल पर मांसल, रूमानियत, लिजलिजी भावुकता, लय-छन्दों में अनावश्यक विस्तार आदि के कारण गीत, भिन्न ही नहीं, आमजन के सरोकारों से ही असंपृक्त दिखने लगे थे तथा ये सामान्य जन की भावनाओं, भाव-दशाओं या आवश्यकताओं से परे विशिष्ट वर्ग के मनस-विकारों को पोषित करने का माध्यम मात्र रह गये थे। ऐसे काल-खण्डों में गीत-कर्म अपने हेतु से पूरी तरह से भटका हुआ प्रतीत हो रहा था और कई बार गीतों से आमजन की पकड़ ही छूट गयी प्रतीत हुई है। चूँकि गीत, अभिव्यक्ति की अनिवार्यता हुआ करते हैं, अभिव्यक्ति का विधान बदलता गया। फिर तो कालांतर में समाज से सरसता के लगातार क्षीण होने का सारा ठीकरा फूटा गीतों और छन्दों पर। गीत और छन्दों को ही त्याज्य समझा जाने लगा। गीत-रचनाओं या गीतों को 'मरणासन्न' और, बाद में तो, 'मृत' ही घोषित कर दिया गया। पद्य-संप्रेषणों के प्रयास के क्रम में गेयता के निर्वहन हेतु किया गया कोई प्रयास निरर्थक घोषित होने लगा।

हिन्दी साहित्य में साठ के दशक के बाद गीति-काव्य के लेखन ही नहीं, गीति-काव्य के विन्यास तक में शिल्पगत अंतर महसूस किया जाने लगा था। कारण कई थे। प्रमुख कारण यही था कि छायावाद के उत्तर-चरण में गीत, जन की अपेक्षाओं के साथ तालमेल मिला पाने में असक्षम होने लगे थे। इसका परिणाम यह हुआ कि लोक-जन में प्रचलित छन्दों, आंतरिक संगीत और बिम्बधर्मिता में व्यापक अंतर अपना कर गीत एक नये ही बनावट और ढंग के साथ सामने आये। ऐसा परिवर्तन और ढंग गीतों के भौतिक स्वरूप तक ही सीमित नहीं था, बल्कि गीत-तत्त्वों तक में नयापन का संवाहक था। वस्तुतः, गीतों में यह नयापन गीतों में व्याप गये 'वही-वहीपन' का मुखर त्याग था। इसे पारम्परिक गीतों को सामने रखकर समझा जा सकता है, जहाँ बिम्ब-प्रतीक ही नहीं, कथ्य तक एक ढर्रे पर टिक गये दिखने लगे थे। उदाहरणार्थ, दुःखों से लाचार हुए एक विवश व्यक्ति का स्वयं के लिए चक्की (जाँत) के दो पाटों के बीच पिसता हुआ महसूसना एक अत्यंत आम बिम्ब है, जो अनेकानेक बार रचनाओं और गीतों में प्रयुक्त हुआ है, लेकिन सही पूछें तो विगत दो दशकों में जवान हुई पीढ़ी के लिए चक्की क्या नितांत अनजान वस्तु नहीं हो गयी है ? वास्तविकता यह है, कि अपवाद छोड़ दिया

जाय तो आज औसत गाँवों में चक्की का प्रचलन बन्द हो चुका है; फिर ऐसे बिम्बों और प्रतीकों से उपजी किसी भावना से कोई पाठक कितना जुड़ाव महसूस कर सकता है ? फिर तो, अभिव्यक्तियों के बासीपन से जन्मी ऊब तथा स्वभाव को नकारती हुई अभिव्यक्ति में नवता को ढूँढ़ने का प्रयास एक विशेष सृजनात्मकता प्रक्रिया का आधार बना। जो कुछ परिणाम आया, वह 'नवगीत' के नाम से प्रचलित हुआ। गीत नये बिन्दुओं के कारण नये प्रतिमानों के प्रति सचेत हुए। इसी नव्यता के कारण गीत की संज्ञा के साथ 'नव' उपसर्ग लगा। किन्तु, हमें यह भी समझ लेना चाहिए कि नवगीत की विकास-यात्रा में 'नवगीत' का 'नव' उपसर्ग मात्र होकर नहीं रह गया, बल्कि यह उपमा का पर्याय अधिक हो गया, जो इन गीतों को अपने दौर की नुमान्दग़ी करने का स्वरूप देता है। नवगीत चिंतन के स्तर पर सर्वाधिक यथार्थपरक, अपनी ज़मीन (भारतीयता) तथा जन की भाव-भावना से जुड़े गीत-रचना होते हैं, जहाँ सामूहिकता को विशेष स्वर मिलता है।

भारतीय समाज के जन के मन, उसकी परम्परा, उसकी आस्था और उसका संघर्ष गीतों के नये स्वरूपों, या फिर, नवगीतों के माध्यम से अच्छी तरह अभिव्यक्त होता दिखता है। भारत के आम जन का बड़ा भाग चूँकि किसी आयातित मत से प्रभावित बेवजह 'नैराश्य' से संवेदित नहीं होता, भले ही वैचारिकता के नाम पर भावदशा की अभिव्यक्ति को कितना ही क्लिष्ट किये जाने की कवायद क्यों न हो। अतः आवश्यकता है, कि जन को समझा जाय, न कि जन को बलात साधने का प्रयास हो। जन का सधना एक अनवरत किन्तु दीर्घकालिक आपरूप प्रक्रिया है, जो कई कारकों पर निर्भर करती है। गीत इसी प्रक्रिया के स्वर हैं तो नवगीत इस परिणति की व्यापकता के पक्षधर हैं। अतः ऐसी पक्षधरता कभी एकांगी नहीं हो सकती, जहाँ जन की अभिव्यक्ति श्रेणीबद्ध दिखे। इसी क्रम में यह तथ्य रेखांकित कर लेना आवश्यक होना चाहिए कि भारतीय भूभाग के जन की प्रकृति मूलतः उत्सवधर्मी है, परिस्थितियाँ चाहे जितनी ही विकट क्यों न हों।

प्रस्तुत संग्रह की संकलित रचनाओं के चयन में गीतों के विभिन्न पहलुओं, उनके भावबोध, उनके भाव-स्वरूप, प्रस्तुतिजन्य वैभिन्न्य, कथ्यगत व्यापकता, तथ्यगत यथार्थ, उनकी शैल्पिकता के आयाम, उनमें परिलक्षित भौतिक एवं भावजन्य परिवर्तन, प्रयुक्त शब्दों के अर्थों की गहराई और रुझान, तथ्यात्मक तार्किकता, गीतों पर पड़ते सामाजिक और वैचारिक प्रभाव, उनमें हुए तदनुरूप बदलाव, इनकी विधा के मर्म की समझ, नवगीतों के व्यवहृत तंतु, नवगीतात्मकता से नवगीत तक की यात्रा की दशा आदि को ध्यान में रखा गया है। गीत और नवगीतों की पारिभाषिकता को स्पष्ट करते गीत-मनीषी देवेन्द्र शर्मा 'इन्द्र' के सूत्र-वाक्य, 'सभी नवगीत' गीत ही होते हैं, किन्तु सभी गीत, नवगीत नहीं हो सकते' को गहरी संवेदना के साथ स्वीकार करते हुए,

संकलित की गयी सभी रचनाओं को बस एक 'गीत' की तरह ही स्वीकार किया गया है, न कि इन्हें खाँचों में बाँटने का हठ पाला गया है। हमें यह स्वीकार ही कर लेना चाहिए कि विगत एक-दो दशकों में परिस्थितियाँ बहुत ही तेजी से बदली हैं। लोक-समाज का आचरण बदल गया है; उसी अनुरूप व्यक्ति और इसके समाज का पारस्परिक व्यवहार बदला है। सुख-दुःख, हर्ष-विषाद आदि भावों की अनुभूतियों का प्रभाव वही है, किन्तु, इनकी अभिव्यक्तियों के व्यवहार बदल गये हैं। तो गीतों की बुनावट और उसकी काया में बदलाव क्यों नहीं होना चाहिए? गीतों में यही अपेक्षित परिवर्तन आज और स्पष्ट तौर पर दिख रहा है। हम सरस अभिव्यक्तियों को भिन्न-भिन्न संज्ञाओं से सम्बोधित करने से तथा उनके अस्तित्व की रक्षा के नाम पर अन्यथा आग्रही और वाचाल होने से जितना जल्दी हो, छुटकारा पा लें। हम यह मान लें कि गीत बस गीत हैं।

वरिष्ठ और युवा, प्रसिद्ध और अभ्यासशील, यानी, हर वर्ग के पचास गीतकारों की चुनिन्दा रचनाओं का यह गुलदस्ता 'गीत-प्रसंग' अपनी श्रृंखलाबद्ध प्रस्तुति की पहली कड़ी है। इस संग्रह में जहाँ वरिष्ठों में वरिष्ठ गीतकार देवेन्द्र शर्मा 'इन्द्र', गुलाब सिंह तथा महेन्द्र भटनागर, जो नवगीत की विकास-यात्रा के साक्षी ही नहीं, इस साहित्यिक-यात्रा के ज़िन्दा दस्तावेज़ हैं, अपनी प्रस्तुतियों के साथ उपस्थित हैं, तो वहीं अपने जीवन को गीतमय कर युवाओं को लगन और सतत अभ्यास की राह दिखाने वाले कुमार रवीन्द्र, राधेश्याम बन्धु, गंगा प्रसाद अरुण, जगदीश पंकज जैसे प्रणम्य वरिष्ठ भी हैं; तो वहीं, नचिकेता जैसे गहन तार्किक और जनवादी सोच के उर्वर गीतकार अपनी भावमय रचनाओं के साथ उपस्थित हैं, तो अपनी वैचारिकता से सचेत मन को संतुष्ट करते भरतेन्दु मिश्र तथा जय चक्रवर्ती भी हैं। मुलायम भावों से समृद्ध शांति सुमन हैं, तो सीमा अग्रवाल जैसी विदुषी और शिल्प-प्रखर गीतकार भी हैं, जिनके साथ संध्या सिंह का अनुभव-विन्यास गहरे सोचने को प्रेरित करता है। वस्तुतः, इस गीत-संग्रह में सम्मिलित हुए पचासों सुधी गीतकारों की रचनाएँ उन गीतकारों की चकित करती लगन, उनके रचनाकर्म के वैशिष्ट्य तथा गीत-परम्परा के वैविध्य को किसी कैलिडोस्कोप की रोचकता के साथ पाठकों को भाव-धनी कर पाने की क्षमता रखती हैं। फिर भी, इन समस्त प्रयासों और तदनुरूप प्रस्तुतियों के बावजूद सुधीपाठकों के अनुमोदन की उत्कट अपेक्षा है। शुभ-शुभ..

- सौरभ पाण्डेय

एम-2/ए-17, एडीए कॉलोनी,
नैनी, इलाहाबाद-221008
मोबाइल - 9919889911

अनुक्रम

अरुणा दुबे

मोबाइल - 8369298256
ईमेल - arunad2018@yahoo.com
पुस्तकें - 'अँजुरी भर नेह', 'गीत जिये जाते हैं'
'बागी हुईं दिशाएँ' तीनों नवगीत संग्रह
पता - एफ8/2 चार इमली, भोपाल

यंत्रणा अलगाव की

यंत्रणा अलगाव की पीते रहे हम,
आपने हमको गलत ठहरा दिया।

नीड़ से बिछड़े घरौंदे
दूसरे हमने बसाए
हाथ काटे देह नोची
साँसरों में कसमसाए
दूसरों को भर, सदा
रीते रहे हम
आपने हमको गलत ठहरा दिया।

नियति के बेरहम हाथों से
समय असमय कुटे
खोजने में प्रश्नसूचक
जिंदगी का हल जुटे
दर्द की अनुभूतियाँ
सीते रहे हम
आपने हमको गलत ठहरा दिया

आस की बैसाखियों से
बाँध कर कमजोर पाँव
बोलिए कब तलक ढूँढ़ें
स्वप्नगंधी सरस गाँव
दी हुई उम्मीद पर
जीते रहे हम
आपने हमको गलत ठहरा दिया।

अलगाव नहीं बोना

री बहना! सुन कहना
हँसना या रोना
बच्चों के अंदर
अलगाव नहीं बोना।

बच्चों का मन तो
अनब्याहा खेत है
जिसमें न पत्थर
न कंकर, न रेत है
नेह की दहेडी में
उतराया नेउना।

पूजा में अक्षत से
वेद की ऋचाएँ हैं
यश वैभव पूँजी हैं
खुशी हैं, व्यथाएँ हैं
आँखों का काजल हैं
भाल का दिठौना।

बीज बैर भाव के

बोना आसान है
किन्तु फ़सल इनकी
जब चढ़ती परवान है
रह जाता है बस
खोना ही खोना।

आँगन को दीवारें
देता बँटवारा
काया पथराती है
मन पारापारा
ज्यों आधे खेल में
टूटे खिलौना।

दहशत में डूबे सन्नाटे

पहरेदार भरें खर्राटे,
दहशत में डूबे सन्नाटे।

रात सियासी चादर ओढ़े
चाँद सितारों से बतियाती।
भोली भोर इशारा पा कर,
हाथों में बन्दूक उठाती।
लंग्गड़दीन भरें फर्राटे...
दहशत में।

पगडण्डी से राजमार्ग तक,
खालिस होती रहती बकबक
आधी रात हुआ गठबंधन,
टूट गया अगली संध्या तक
मार रहे सब चील झपाटे....

दहशत में।

घरघर अफवाहों के परचे
बाँट रही हैं रोज हवाएँ
मेजों पर संकल्प उगाते
मुखड़े पर मोहक मुद्राएँ
कदम कदम पर बोते काँटे
दहशत में।

अलका प्रमोद

मोबाइल - 09839022552
ईमेल - pandeyalka@rediffmail.com
पुस्तकें - विभिन्न विधाओं की 17 पुस्तकें प्रकाशित
पता - 5/41विरामखण्ड, गोमतीनगर,
लखनऊ 226010

विगत और आगत

वही नया जो लगता था कल
आज पुराना लगता है
अरे बात थी अभी अभी की
वही फसाना लगता हैं

सुबह शाम के मीठे पल छिन
सुख दुःख में जो बीते गिन गिन
छूट गये कब इन हाथों से
मोह न टूटा उन बातों से
पर रोके कब रुका समय अब
गया जमाना लगता है

द्वार खड़ा वो आगन्तुक है
जागा उसके प्रति कौतुक है
न जाने क्या साथ में लाया
मन में आशा अलख जगाया
बेघर बिखर गये थे सपने
नया ठिकाना लगता है

समय चक्र अनमोल है साथी

नये समय में नई है थाती
कोरी चादर जैसी पावन
रचें कहानी सब मनभावन
नये जोश में मन को सुखमय
राह बनाना लगता है

जीवन तो आना जाना है
जो सुख दुःख हो सह जाना है
आगत का स्वागत ही विधि है
नव संचार ही जीवन निधि है
पूरब में है, उगता सूरज
सुखद सुहाना लगता है

रिमझिम रिमझिम

रिमझिमरिमझिम बरसा पानी
आयी मुझको याद पुरानी
वो घर आंगन गाँव मोहल्ले
वो किस्से वो दादी नानी,
रिमझिमरिमझिम बरसा पानी।

आँगन ही सागर बन जाते
कागज की जब नाव बनाते
तीर से अपने दूर देश को
भेज संदेशा हम इतराते
डूब जो जाती नाव हमारी
आ जाता आँखों में पानी
रिमझिम रिमझिम बरसा पानी।

छपछप करते उठते गिरते

पानी में हम खूब नहाते
हो जाती स्कूल में छुट्टी
हम सब मिलकर खुशी मनाते
जोर जोर से गाना गाते
मछली रानी कितना पानी,
रिमझिम रिमझिम बरसा पानी।

चिन्ता से था दूर का नाता
कहाँ गया वो बचपन भोला
अल्हड़ सी वो नटखट बातें
अभी दोस्ती अभी अबोला
गाँव था पूरा अपना लगता
सब थीं चाची मामी नानी,
रिमझिम रिमझिम बरसा पानी।

काश कि भीगें हम पानी में
खोल दिलों को हँस के गाएँ
नहीं जरूरत रेनडांस की
नहीं लाफिंग क्लब को जाएँ
बाथटबों को छोड़ के फिर से
आँगन में हम खेलें पानी
रिमझिम रिमझिम बरसा पानी।

हुए भला क्यों समझदार हम
अपना ही हित हम जाने क्यों
ये अपना है वो है दूजा
ऊँच-नीच की सीमाएँ क्यों
लगा मुखौटा मिलते सबसे
कैसी कर बैठे नादानी
रिमझिम रिमझिम बरसा पानी।

दोराहा

जब जब आगे पाँव बढ़ाया
कभी न सीधी राहें पाया
मनुआ चकित भ्रमित हो आया
पगपग पर दोराहा पाया

महिमा सच की बहुत बखानी
युगों युगों से ज्ञानी ध्यानी
जाल बिछाया चतुर झूठ ने
चकाचौंध में मन भरमाया
मनुआ चकित भ्रमित हो आया
पगपग पर दोराहा पाया

उड़ने को जो पंख पसारा
सपनों का संसार सँवारा
अपने डालें प्रीत के बंधन
तोड़ उन्हें ही निजता पाया
मनुआ चकित भ्रमित हो आया
पगपग पर दोराहा पाया

कभी अचानक दर्पण देखा
नहीं पुलक की एक भी रेखा
क्यों लगता है कुछ छूटा सा
जिसका देखा सपना पाया
मनुआ चकित भ्रमित हो आया

डॉ. अवनीश सिंह चौहान

मोबाइल - 09456011560
ईमेल - abnishsinghchauhan@gmail.com
पुस्तकें - विभिन्न विधाओं की 11 पुस्तकें प्रकाशित
पता - अंग्रेजी विभाग, एस आर एम विश्वविद्यालय,
दिल्ली एनसीआर, सोनीपत, हरियाणा

शोधों की गति घूम रही

संशय है
लेखक पर
पड़े न कोई छाप

पुरखों की सब धरी किताबों
को पढ़पढ़ कर
भाषा को कुछ नमक मिर्च से
चटक बनाकर

विद्‌या रटे
बने योगी के
भीतर पाप

राह कठिन को सरल बनाये
खेमेबाजी
जल्दी में सब हार न जाएँ
जीती बाजी

क्षणक्षण आज

समय का
उठता गिरता ताप

शोधों की गति घूम रही
चक्कर पर चक्कर
अंधा पुरस्कार
मर मिटता है शोहरत पर

संशय है
ये साधक
सिद्ध करेंगे जाप।

पगडंडी पर कौन चलेगा?

सब चलते चौड़े रस्ते पर
पगडंडी पर कौन चलेगा?

पगडंडी जो
मिल न सकी है
राजपथों से, शहरों से
जिसका भारत
केवल केवल
खेतों से औ' गाँवों से

इस अतुल्य भारत पर बोलो
सबसे पहले कौन मरेगा?

जहाँ केन्द्र से
चलकर पैसा

लुट जाता है रस्ते में
और परिधि
भगवान भरोसे
रहती ठण्डे बस्ते में

मारीचों का वध करने को
फिर वनवासी कौन बनेगा?

कार क़ाफिला
हेलीकॉप्टर
सभी दिखावे का धंधा
दो बित्ते की
पगडंडी पर
चलता गाँवों का बन्दा

कूटनीति का मुकुट त्यागकर
कंकड़पथ को कौन वरेगा?

कि, इनकी जेबों में हैं दंगे

आँख लाल है
झूमचाल है
लगते कुछ बेढंगे
इज्जत इनसे दूर
कि, इनकी
जेबों में हैं दंगे..

दबंगई की दाढ़ लगी है
कैसी आदमखोरी
सूँघ रहे गश्ती में कुत्ते

लागर की कमजोरी

इनकी चालों में फँस जाते
अच्छे अच्छे चंगे

गिरवी पर, गोबर्धन का श्रम
है दरियादिल मुखिया
पत्थर सी रोटी के नीचे
दबी हुई है बिछिया

न्याय स्वयं बिकने आता है
बेदम से हैं पंगे

पंच गाँव का खुश है लेकिन
हाथ तराजू डोले
लगता जैसे एक अनिर्णय की
भाषा में बोले

उतर चुका दर्पण का पारा
सम्मुख दिखते नंगे।

अशोक 'अंजुम' (अशोक कुमार शर्मा)

मोबाइल - 09258779744
ईमेल - ashokanjumaligarh@gmail.com
पुस्तकें - 18 मौलिक और 37 सम्पादित पुस्तकें
पता - सम्पादक-'अभिनव प्रयास' स्ट्रीट2, चन्द्रविहार कॉलोनी, नगला डालचन्द क्वार्सी बायपास, अलीगढ़ 202001

गीत क्या है?

गीत क्या है
रोशनी का घट
या कि,
डोरी पर थिरकता नट ?

साँस का संगीत है ये
धड़कनों की ताल है
एक परिचित गंध वाला
रेशमी रूमाल है

गीत क्या है ?
प्रेयसी की लट
या कि,
दुल्हन खोलती घूँघट !

सत्य का उद्घोष है
ये शिवम, ये सुन्दरम्
पीर जब पलती हृदय में
गीत तब लेता जनम

गीत क्या है
रसपुरी के पट
या कि,
शीतल छाँव वाला वट ?

कबिरा खड़ा उदास

होठों पर मधुमास सजा है
अन्तस में सन्त्रास
यहाँ वहाँ हर ओर जगत् में
मात्र विरोधाभास

जो हैं अपने
सभी बगल में
छुरी दबाये हैं
अक्सर
विश्वासों से हमने
धोखे खाये हैं

वह उतना ही दूर निकलता
जितना लगता पास

सच्चाई के माथे पर हैं
बूँद पसीने की
कौन जानता कला यहाँ पर
मरने जीने की ?

म मृगमरीचिका बनकर उभरे
खुशियों का अहसास।

इच्छाएँ हैं ढेर हमारी
चादर छोटी है
पड़े पड़े हम
रहें कोसते
किस्मत खोटी है

दो पाटन के बीच पिसें सब
कबिरा खड़ा उदास

यहाँ नैनसुख
आँखों पर हैं पट्टी को बाँधे
जिनके ऊपर भार सत्य का
झुके वही काँधे

बरसे कंबल, भीगे पानी
लगे नदी को प्यास

खोल के गठरी

पोंछा नहीं पसीना मेरा
देखी नहीं थकन
खोल के गठरी बैठ गया है
सारा घर आँगन

बिट्टू ने मुँह लटकाया
ना लाये मोटरकार
छुटकी को है नापसन्द, उफ़,
मोती वाला हार
पलट पलट कर देखें भाभी
नर्म, रेशमी शॉल

रंग ज़रा सा हल्का है बस
दिल में यही मलाल
हाय, दुपट्टे में कट निकला
गुमसुम हुई बहन
खोल के गठरी.. सारा घर आँगन!

पत्नी को साड़ी का पल्लू
छोटा लगता है
बापू को कुर्ते का कपड़ा
मोटा लगता है
ये छोटू के पैंटशर्ट
कुछ बड़े बड़े से हैं
बाकी तो सब ठीक ठाक
अंगूर सड़े से हैं
रस्ते की कोई न पूछता
वर्षा, धूप, तपन
खोल के गठरी.. सारा घरआँगन!

आशा देशमुख

मोबाइल - 9039695208
ईमेल - ashadeshmukh2000@gmail.com
पुस्तकें - निरंक
पता - 1983, नर्मदा विहार, एनटीपीसी,
जमनीपाली, कोरबा, (छत्तीसगढ़) 495450

फसल

कल्पनाएँ उर्वरा बंजर हकीकत हो रहीं,

गज बराबर भूमि में
एकड़ फसल की चाह क्यों,
सामने मंजिल दिखे
फिर तिकड़मी ये राह क्यों
नेह सारे बिक गए नफरत वसीयत हो रही

मग लुभावन देखकर
ये मन हठी पीछे पड़ा,
हाथ खाली हो रहा
पर दर्प आगे ही खड़ा,
रोज सूरत धो रहे पर धूल सीरत हो रही

लहलहाती लोभ फसलें
देख मन अति बावरा,
कोठरी कालिख भरी तो
कोठ कैसे धावरा
शोर से माधुर्य की अब क्षीण कीमत हो रही

परम्परा

निभाओ रीतियाँ बेशक मगर ये जान लो पहले,
छुपा है राज क्या इनमें निभाना क्यों जरूरी है।

नियम व्रत साधना संयम
बने आधार अंतस के
चले जब साथ में मौसम
न घेरे रोग आलस के

प्रथाओं के रटो अक्षर भले ही बंद आँखों से
मगर विश्वास के बिन सब किये पूजा अधूरी है

घड़ा क्या पाप पुण्यों का
कभी भी देह है देखा
करे बस भेद स्वारथ ही
अहम खींचे वलय रेखा

धवल होगा नहीं काजल भले ही लाख कर उद्यम
विवशता रूढ़ियों के सामने करती मजूरी है

निकाले दूध चिड़ियों का
अधिक परिहास इससे क्या
बताये मीन को निर्जल
बड़ी बकवास इससे क्या

विसर्जित फूल बगिया में कभी वापस नहीं आया,
इधर मुँडेर में कागा उड़ाता खीर पूरी है

गहरी ठहरी सी स्मृतियाँ है

खुदा हुआ है
शिला लेख सा
गहरी ठहरी सी स्मृतियाँ है

रोमरोम पर कर्ज चढ़ा है
बिखर गए खुशियों के सपने
मृगतृष्णा आँखों में झलके
हुए पराये वे सब अपने

शगुन जोड़ के धागे टूटे
गुम रोली अक्षत सतिया हैं

रीतिरिवाजों, संस्कारों की
शपथ मिली है अभिलाषा को
अनहद बाँचे धूप आरती
कौन पढ़े उस परिभाषा को

दिख जाती है आज अभी भी
बर्बर युग की अनुकृतियाँ हैं

खुरदुर पर मलमल की परतें
बिछा बिछा कर मन हारा है
बदले मौसम संग बदलती
पुरवा बड़ी अदाकारा है

बाहर दीपक, भीतर आँधी
उलझी हुई मनः स्थितियाँ हैं

आज के हालात

खेल खेले है सियासी
दाँव है गंदा यहाँ पर

हैं धवल परिधान जिनके
हाथ कीचड़ से सने हैं
दाग दामन में लगाकर
एक दूजे पर तने हैं

गालियों की आग लेकर
चल रहा बंदा यहाँ पर

मोहरे बिछती इशारे
चाल कोई और चलता
शह मिले या मात
पर सच को हमेशा झूठ छलता

नाम से तेरे खुदा हम
दे रहे चंदा यहाँ पर

मोहनी हो या परी तुम
या नशे की खान हो तुम
क्या कहें कुर्सी तुझे हम
इस जगत की जान हो तुम

मर रहा ईमान अब तो
डालकर फंदा यहाँ पर

उदय शंकर सिंह 'उदय'

मोबाइल - 9430807177, 9572103918
पुस्तकें - धूप में चलते हुए (गीत संकलन)
गीत फिर परचम हुए (गीत संकलन)
संपर्क - गीतांबरा, सहबाजपुर (दुर्गास्थान), उमानगर
मुज़फ़्फ़रपुर-842004, बिहार

गीत फिर परचम हुए

कुनमुनाए शाख पर पत्ते नये
गीत लहराये कि फिर परचम हुए!

कोरकों में भर रहे कैसे सुमनदल
छंद पाहुन हो रहे ज्यों बंध के घर
लिख रहे अनुबंध शाश्वत क्षण जिए!

झूमता हर डाल से कैसे नयापन
ज्यों कहीं संवेदना ओढ़े हरापन
आ रहा जीवन नयी धड़कन लिए!

लहरते कर फहरतींसी हैं ध्वजाएँ
गीत की निकली हैं कि जय यात्राएँ
गा रही कोयल भी स्वर पंचम किये!

कह रहा मुझसे यही गीतिल पवन
गीत जब तक है तभी शाश्वत भुवन
दृश्य कितने सज गये मंचन किये
गीत लहराये कि फिर परचम हुए!

रिश्तों को जीना

ज़ख़्मों पर रोज़ नये ज़ख़्मों को जीना
बड़ा कठिन लगता है रिश्तों को जीना

चंदनी परस की
तासीर भी अगन सी
फूल सी हँसी भी
कुछ खार की चुभन सी
अमृत सा पी पी कर नित्य नव गरल को,
बार बार मरमर कर किश्तों में जीना।

बाहर से खुले सभी
खिड़कियाँ, किवाड़ें
भीतर से उठ रहीं
बर्लिनी दीवारें
कपड़ों सा फटते तो सी लेते बार बार
दूध से फटे को सुई धागों से सीना

मन रे तू मन से भी
छेड़ मत कहानी
पीर गर हो ज्यादा
तो तेल मल 'नूरानी'
आदमी ने काटा है लहर अधिक होगी ही,
दाँत पर दाँत धर पोंछ ले पसीना

हुई नहीं सुबह

आँखें क्षितिज पर लगी हुई
आज फिर हुई नहीं सुबह
रक्त से नहा उठा गगन
तीर मारती बही हवा
टीस रही पोर पोर को
पीर हुई आज फिर जवां
मिमियाते स्वर रुके नहीं
एक चाह फिर हुई जिबह।

फिर बड़े शैवाल ताल के
जाल और जाल डाल के
फेंक गया एक शव कोई
आज रात फिर उछाल के
चीख उठी लहर ताल की
काँप उठी नीर की सतह।

नंगे ही पाँव चले थे
ओस भीगी दूब चुभ गई
बिछा गया पिनकुशन कोई
तितलियाँ फूलों में खुभ गयीं
उठाकर हँसा पुनः कलह
और मरी एक फिर सुलह।

नदी में स्नान करते हुए

इस तरल एकांत में हम
और उतरें!

इस जगह कोई न अपनी बात छेड़े
वंशियों को भी तनिक
ले दूर टेरे
पारदर्शी चलो जलसा
और निखरें!

हों सभी निःशब्द
ये व्याकुल समय
आकुल दिशाएँ
एक क्षण इस मौन में
हम मुस्कुराएँ
उँगलियों को डाल कानों में
बने और बहरे!

आवरण ओढ़े न
अब ओढ़े मुखौटे
चलो फिर हम आज
आदिम गाँव लौटें
ढूँढ़ लें मधुप्रान्त
जल की कंदरा में
चलो ठहरें!

उमा प्रसाद लोधी

मोबाइल - 9453803015, 8318224022
पता - ग्राम-कहरई, पोस्ट-वैरी महेश पुर,
बहराइच-271903 उत्तर प्रदेश

फर गये बाँस

फर गये बाँस
झर गये बाँस
तनमन फूले रुक गयी साँस

किसने पाया यह सुखद अंत
मरघट पर आया हो, वसन्त?
दिनरात साधना चिरअनन्त
मौनी बाबा कलियुगी सन्त
नदिया के तट
छुपकर मिलते
पर रह रह के.. तुम रहे खाँस!

जब जब होती भागवत कथा
गाँठें दे जातीं सघन व्यथा
गोकर्णों से धरती भारी
तर गये अनेक धुंधकारी
पतली सी कमची हरी भरी
मरमरी गले की बनी फाँस

बँसवारी की सरसर मरमर
पगडंडी चलती डगरमगर

दुपहर में उतरी साँझ अरे
पत्तों के पग में झाँझ अरे
बादल अषाढ़ का ज्यों बरसा
धरती से फूटी नयी गाँस।

हम अपने में मस्त हो गये

कैसे होली मिलें आपसे
मन मैले
तन व्यस्त हो गये

गूँगी हुई प्रेम की भाषा
बदल गयी सुख की परिभाषा
केवल शब्द गढ़े जाते हैं
अर्थ व्यर्थ हो
रह जाते हैं
इस युग का व्याकरण अनोखा
सारे नियम निरस्त हो गये

जब मधुमास पास में आया
चेहरा देख बहुत पछताया
फटी हुई अँखियाँ कहती हैं
रक्त भरी नदियाँ बहती हैं
पीर तुम्हारी जानें कैसे
हम अपने में मस्त हो गये

हाथ मींज कर सब पछताते
टूट गये आपस के नाते
गोली बम यौवन ढोता है
भोलापन छिपकर रोता है

बचपन के संत्रास देखकर
बढ़े हौसले पस्त हो गये

नया साल

नया साल कर निहाल,
आ जा
बिगड़ी सँभाल!

वादों के हेरफेर
हों ना संझा सवेर
दुपहर में आँचल हो
रात बन्द साँकल हो
पंछी के दानों पर
बिछा न हो नया जाल..

धूप करे गुनगुनगुन
कलियों को चुनचुनचुन
हवा बहे सरसरसर
पियर पात झरझरझर
जियरा का ताप हरे
गूलर की सूख छाल..

सूरज ना थक जाये
चंदा ना शरमाये
नाचती रहे धरती
ताथाताथा करती
नभ के नवआँगन में
होवे फगुनी धमाल..

कवि होना

यदि जीवन का धन पा न सके
श्वासों में सरगम गा न सके
तो व्यर्थ तुम्हारा
कवि होना!

भाषा न पढ़ी यदि जनमन की
सुधि आयी नहीं उघरे तन की
पीड़ाओं को भी सहला न सके
तो व्यर्थ तुम्हारा कवि होना।

अनुभव में आयी भूख नहीं
यदि उठी हृदय में हूक नहीं
सच्चा कविधर्म निभा न सके
तो व्यर्थ तुम्हारा कवि होना।

सीखा न अगर आँसू पीना
सब बाँट अभावों में जीना
सोया सत्कर्म जगा न सके
तो व्यर्थ तुम्हारा कवि होना।

शुचि भावों की गहराई में
प्राणों की घन अमराई में
आरतस्वर वेणु बजा न सके
तो व्यर्थ तुम्हारा कवि होना।

कल्पना रामानी

पता - c/o अजय रामानी, 1601 /6 हेक्स ब्लॉक्स,
सेक्टर10, खारघर, नवी मुंबई 410210
पुस्तकें - दो नवगीत संग्रह व ग़ज़ल संग्रह प्रकाशित
मोबाइल - 7498842072
ईमेल - kalpanasramani@gmail.com

कलम गहो हलधर

रच लो जीवनगीत, कर्म की
कलम गहो हलधर!

सींचो क्यारी, भाव जगेंगे
बीज डाल दो, शब्द उगेंगे
जब आएगी फसल स्वर्ण सी
सारे सुर, लयताल बनेंगे

किलकेगी कविता, कणकण से
पस्त न हो हलधर!

देख रहे हल राह तुम्हारी
बदरा बुला रहे जलधारी
घर संसार सुखों की खातिर
तुम्हें जीतनी है यह पारी

बहुरेंगे दिन, श्रम के भी!
मत धीर तहो हलधर!

तुम सोए, जग सो जाएगा
जीव प्रलय में खो जाएगा
इसी गीत की सरस तान पर
नव इतिहास तुम्हें गाएगा

याद रहे, निर्भर तुमपर
भवभूख, अहो, हलधर!

रधिया ने नवगीत रचा

दिनचर्या के गुणाभाग से
रधिया ने नवगीत रचा।

जाग, जगा प्रातः तारे को
प्रथम सँभाली कर्मकलम
भरी विचारों की स्याही
चल पड़ी उठा लयबद्ध कदम

लेखाजोखा घरघर का था
रहा हृदय में द्वंद्व मचा।

श्रम बूँदों के रहे बिगड़ते
बनते चित्र कवित्त भरे
अक्षर अक्षर रही जोड़ती
रधिया रानी धीर धरे

धारधार धुलते भाँडों पर
दो हाथों को नचा नचा।

ढला दिवस, खींची लकीर

पर गीत अधूरा है तब तक
जोड़तोड़ कर पूरा होगा
घर का गणित नहीं जब तक

लिख देगी अब रात नींद ही
जो कुछ भी है शेष बचा।

बेबस कमली

बिखर चुकी है बेबस कमली
खोकर अपनी खरी कमाई।

मुद्दत से करती आई वो
एक बड़े घर के सब काम
पा जाती थी रूखी सूखी
त्यौहारों पर अलग इनाम

आज न जाने किस गुमान में
पहुँच गई वो बिना नहाई।

जल विहीन घट रहते अक्सर
नल से बूँदें अंतर्धान
कभी प्यास से कण्ठ सूखते
कभी छूटता वांछित स्नान

काले तन पर मैली धोती
देख मालकिन थी गुर्राई।

रूठी किस्मत, टूटी हिम्मत
ध्वस्त हुए कमली के ख्वाब

काम गया, क्या दे पाएगी
बच्चों को वो सही जवाब?

लातों से अब होगी खिदमत
मुआ मरद है क्रूर कसाई।

रहे बदलते शासक लेकिन
शासन का अंदाज़ वही
सावन बँटता बड़े घरों में
है गरीब पर गाज वही

घुटती रहती हर कमली पर
शर्म समर्थों को कब आई।

कल्पना 'मनोरमा'

मोबाइल - 8953654363, 9455878280
ईमेल - kalpna2510@gmail.com
पता - सी5, WAC SMQ, एयरफोर्स स्टेशन, सुब्रतो पार्क, नई दिल्ली, 110010

ओ पिता!

ओ! पिता - तुम वेदपाठी हो
मगर लयहीन हो।

नापतीं आकाश को बातें तुम्हारीं
तरसती हैं न्याय को साँसें बिचारी
जा चुकी है हाशिये पर आस प्यासी
ढूँढ़ती रहती मिली काबा न काशी

ओ! पिता - तुम कूप साठी हो
मगर जलहीन हो।

सींचते हो खेत, हर जोखिम उठाकर
शीत कुहरे में सदा नज़दीक जाकर
हर निवाला कह रहा कीमत तुम्हारी
नेह के व्यापार में, फ़िर क्यों उधारी?

ओ! पिता - तुम धानसाठी हो
मगर कणहीन हो।

था उजालों का नगर जो लुट चुका है

जुगनुओं के हाथ सूरज बिक चुका है
हर तरफ़ दिखने लगे हैं अब अखाड़े
रात दिन बजते जहाँ द्वंद्वी नगाड़े

ओ! पिता - तुम सुघर काठी हो
मगर बलहीन हो।

चौथेपन की धज

कब तक सूरजमुखी बनें हम,
तनिक देर जो रुकता सूरज,
तो हम कुछ मन की कह लेते ।

तकली बनी जिंदगी ऐसी
कात रही वय पोनीपोनी
कट जाता दिन रामभरोसे
रात सदा खोनी ही खोनी

इस आपाधापी में कोई
दे जाता दो पल को धीरज
तो हम कुछ मन की कह लेते।

पंछी सब कर गये पलायन
बचे गिद्ध पर टूटे, घर पर
उड़न खटोला नहीं उतरता
खुशियों की गुड़धानी लेकर

आधी धोई आधी पहनी
हो जाता यदि मन को अचरज

तो हम कुछ मन की कह लेते।

कान पकड़ता बेरहमी से
बात समय की बहुत अखरती
मर्यादा की पूँजी थी जो
थोड़ी थोड़ी रोज़ बिखरती

मृग मरीचिका की बीमारी
तज देती चौथेपन की धज
तो हम कुछ मन की कह लेते।

राजधानी की नदी हूँ

साँवला था तन मगर
मनमोहिनी थी
कल्पनाओं की तरह
ही सोहिनी थी

अब न जाने कौन सा
रंग हो गया है
बाँकपन जाने कहाँ पर
खो गया है

देह से अंतःकरण तक
आधुनिकता से लदी हूँ ।।

पांडु रोगी हो गये संकल्प सारे
सोच में डूबे दिखे
भीषम किनारे
काल सीपी ने चुराये

श्वेत मोती
दर्द की उठतीं हिलोरें
मन भिगोती

कौरवों के जालजकड़ी
बेसहारा द्रौपदी हूँ।

दौड़ती रुकती न दिल्ली
बात करती
रोग पीड़ित धार जल की
साँस भरती
उर्मियों पर नाव अब
दिखती न चलती
कुमुदनी कोई नहीं
खिलती मचलती

न्याय मंदिर में भटकती
अनसुनी सी त्रासदी हूँ।

कालिया था एक वो
मारा गया था
दुष्टता के बाद भी
तारा गया था
कौन आयेगा यहाँ
बंसी बजाने
कालिया कुल को पुनः
जड़ से मिटाने

आस का दीपक जलाये
टिमटिमाती सी सदी हूँ।

कुमार रवीन्द्र

मोबाइल - 09416993264
ईमेल - kumarravindra310@gmail.com
पता - क्षितिज 310 अर्बन एस्टेट-2,
हिसार-125005
पुस्तकें - विभिन्न विधाओं की सोलह पुस्तकें प्रकाशित

नदी किनारे हुआ सबेरा

मंतर गूँजे
नदी किनारे हुआ सबेरा

धूपपरी ने जल पर इन्द्रधनुष बिखराये
हुए सुनहले तट के बिरछगाछ के साये
जलपाखी भी
लगा रहा घाटों का फेरा

उधर दिख रहे पूजाघर का झंडा फहरा
पाल नाव का नदीधार पर, देखो, लहरा
नई फ़िल्म का
गीत गा रहा उमग मछेरा

दिन हैं कतकी के नहान के : धूप मिठाई
मंतर कहता : सबकी होवे सदा भलाई
अभी अँधेरा
जहाँ लगा राजा का डेरा

यही आज का समाचार है

उठापटक के
खेले चलते
हुआ अखाड़ा सभागार है
यही आज का समाचार है

दिन विपदा के परजा भुगते
शाहों के घर बजें बधावे
रामराज घरघर व्यापेगा
रहे खोखले उनके दावे

टका सेर के
खाजे का
परजा को अब भी इंतज़ार है
यही आज का समाचार है

ठूँठ हुए पीपल पर बैठी
गौरइया के पंख जले हैं
खबर सुखियों में है आई
बड़के राजा बड़े भले हैं

उनके पाले
गीधों ने
उत्पात मचाया द्वार-द्वार है
यही आज का समाचार है

नौटंकी में लँगड़ी नटिनी
राज्यलक्ष्मी बनी रात कल
कोख धरा की सूनीबंजर
फटा हुआ है माँ का आँचल

इन्द्रप्रस्थ की
अप्सराओं के
चेहरों पर अद्भुत निखार है
यही आज का समाचार है

कैसे अंधा हुआ नगर यह

सोच सोचकर
अचरज होता
कैसे अंधा हुआ नगर यह

इसी नगर में कभी जोत व्यापी थी घर घर
वंशी की धुन में गूँजे थे ढाई आखर

जोत बिलाई
वंशी गूँगी
शोर हाट के, बंधु, रही सह

चीरहरण की रोज़ रोज़ घटनाएँ होतीं
नई हवाएँ हर बस्ती में अनरथ बोतीं

धुआँ घिरा है
ढहे घाट पर
सहमी सहमी नदी रही बह

नए वक़्त के पण्डित ज्ञानी हैं अपराधी
इस निज़ाम में संतो ने भी चुप्पी साधी

थकी बुढ़ाई
कविता अपनी

रामराज की कथा रही कह

हम जंगल में रहे

हम जंगल में रहे
कुछ दिनों
इतमीनान रहा

महानगर के शोरशराबे हमसे दूर रहे
लौटे कल : तनाव जीने के हमको घूर रहे

घर ने घुसते ही
चिढ़कर
हमको लाचार कहा

सुबह मिला अख़बार प्रपंचों की चर्चा करता
पूजाघर में दिखा देवता भी आहें भरता

बोला वह
है पता -
यहाँ कितना उत्पात सहा

निकले बाहर : वहाँ वही सड़कें थीं भीड़ भरी
भाव सब्जियों के सुनकर तबियत फिर हुई हरी

रस्ते
सूरज दिखा
धुएँ से वह था रहा नहा

डा. कृष्णकुमार 'नाज़'

मोबाइल - 9927376877; 9808315744
ईमेल - kknaaz1@gmail.com
पुस्तकें - विभिन्न विधाओं की नौ पुस्तकें प्रकाशित
पता - द्वारा ज़िला गन्ना अधिकारी, गन्ना भवन,
सिविल लाइंस, मुरादाबाद244001

साध अधरों की

साध अधरों की स्वरों में वंदना के
मौन होकर रह गयी अगले चरण तक

जब कभी सिगरेट से उठते धुएँ में
एक विकृत वृत्त सा ढलने लगा है
तब उसी पल काँपते दृग की छुअन से
कल्पना का तनबदन जलने लगा है
धारणा मन की न जाने स्वप्न कितने
फिर सँजोकर रह गयी अगले चरण तक

घोर तम के द्वार पर बैठा हुआ मैं
कर रहा हूँ आपकी अंधी प्रतीक्षा
कर रहे हैं नभ, सितारे, चंद्र, जुगनू
आपके ही रूप की सुंदर समीक्षा
प्रीत की पावन नदी में ज़िंदगी की
नाव खोकर रह गयी अगले चरण तक

रेत की दीवार पर उभरे महल जब
भरभरा कर गिर पड़ेंगे रास्तों में

आँचलों से कौन पोंछेगा भला जल
जो हुआ संचित प्रतीक्षारत दृगों में
आस की तसवीर दर्पण के हृदय में
लुप्त होकर रह गयी अगले चरण तक

रिश्तों के चारों ओर उजाले

अपने हैं या अपनों जैसे दिखने वाले हैं
कैसे समझूँ संबंधों के रूप निराले हैं

जिन रिश्तों से प्यार मिला, जिनसे अपनत्व मिला
जिन रिश्तों से अभिलाषाओं को अमरत्व मिला
मन के उन रिश्तों के चारों ओर उजाले हैं

कुछ ऐसे संबंध, न पाया जिनमें अपनापन
कुछ नातों को ढोते ढोते बीत गया जीवन
वे निर्बल संबंध रक्त के, देखे भाले हैं

कौन डगर में फूल बिछाऊँ, किसमें धरूँ दिया
इसी विषय पर चिंतन मैंने सौ सौ बार किया
हार जीत को लेकर सिक्के बहुत उछाले हैं

ढूँढ़ता है क्यों भला आँगन

ढूँढ़ता है क्यों भला आँगन
घरों के बीच
ओ पागल, नगर में

थी जहाँ कल झोपड़ी, अब हैं वहाँ अट्टालिकाएँ
धूप के दर्शन नहीं होते, कहाँ कपड़े सुखाएँ
जंगलों में था नगर पहले, मगर अब है
घना जंगल, नगर में

अब न मिट्टी की छतें हैं, अब न गोबर की लिपाई
है वहाँ दीवान, बिछती थी जहाँ पर चारपाई
खटखटाएगा भला क्या, अब किवाड़ों में
नहीं साँकल, नगर में

क़द बड़ा, लेकिन बहुत व्यवहार बौना हो गया है
आदमी जैसे कि काँटों का बिछौना हो गया है
माँगती है ज़िदगी ख़ुद ख़ैरियत की भीख
अब पलपल, नगर में

मन की सतह पर

वे तुम्हारे प्यार की परिकल्पनाएँ
ढूँढ़तीं कुछ आज भी मन की सतह पर

धूप से बचना न संभव हो सका
सूर्य कुछ बैठे मिले तरु छाँव में
यों पलायन कर गईं खुशियाँ सभी
प्रेमनगरी से विरह के गाँव में
इस कपट युग में पुरानी धारणाएँ
ढूँढ़तीं कुछ आज भी मन की सतह पर

नींद से संबंध जब कटु हो गये
स्वप्न जो अपने थे कतराने लगे
और हम सौगंध देकर प्यार की

जागते नयनों को समझाने लगे
हो गईं जो करविहीना याचनाएँ
ढूँढ़तीं कुछ आज भी मन की सतह पर

जब कली की लिख रहे थे हम कथा
काव्य काँटों का स्वतः लिक्खा गया
एक मधुवन फिर सिसकने सा लगा
था बहुत माली का ठुकराया हुआ
फिर बहारों की सभी संभावनाएँ
ढूँढ़तीं कुछ आज भी मन की सतह पर

चाँदनी में जब कभी देखा गगन
याद सुख आने लगा बीता हुआ
ज़िंदगी, फिर ज़िंदगी, फिर ज़िंदगी
बस यही उपहार है जीता हुआ
वानप्रस्थी हो गयीं जो कामनाएँ
ढूँढ़तीं कुछ आज भी मन की सतह पर

कृष्ण नन्दन मौर्य

मोबइल - 9455132100
ईमेल - Krishna.n.maurya@gmail.com
पता - 154,मौर्यनगर, पल्टन बाजार
प्रतापगढ़,उत्तरप्रदेश–230001।

सन्नाटा भी खलता है

सदा शोर से अटे शहर का
सन्नाटा भी खलता है।

दूर हुआ हमसे कोई
रह गईं साथ कुछ यादें भर
चहक रहीं भीतर से द्वारे तक
इठलातीं बातें पर
नटखट ओसारों का
गुमसुम होना बहुत अखरता है।

थी जिस संग सौ खीझ
हुईं हैं उस बिन क्यों अँखिया सावन
बुद्धि कहाँ पढ़ पाती है
छलिये मन का यह छलियापन
टुइयाँ जैसे मुखर लबों की चुप से
हिया करकता है।

उत्सव बीता मौन हुए पल
शगुनगान, जगरातों के
पर कानों में बजते अब भी

स्वर परिचित पदचापों के
चहल पहल के बाद
सदन का खालीपन मन दलता है।

अब के बादल

उमड़ घुमड़
दिन दुपहर साँझ बिताते हैं।
अब के बादल
कहाँ बरसने आते हैं।

आस भरी आँखों
धरती तकती रहती
फुल पिक्चर अषाढ़ की
बाकी ही रहती

छींटों का
ट्रेलर भर दिखला जाते हैं।

छा जाने में ही
सारा दम खरच रहे
करतब से रीते
बातों से छलक रहे

गरज चमक से
प्यासों को बहलाते हैं।

नभपर्दे पर झिमझिम का
तिलिस्म रचकर
खुश हो लेते

कुछ पल सूरज को ढँककर

विज्ञापन सी
दो बूँदें
टपकाते हैं।

बढ़ा अजानापन

पहचाने चेहरों में
बढ़ा अजानापन।

दिखते आते जाते राहों में
अक्सर बढ़ जाते
वो हमसे, हम उनसे बचकर
ऐसी अंधीदौड़
हो गया है जीवन

भूलेभटके कभी अगर रुक भी जाते
हाय हलो भर में
चुक जातीं सब बातें
तारी हो जाती
अधरों पर मूक घुटन।

नये साल पर
दीवाली पर, होली पर
मिलें संदेशे
ट्विटर, ह्वाट्सप, एफबी पर
हुआ यांत्रिक विनिमय भर
अब अपनापन।

बच्चों सा रोते-रोते
हँस पड़ने का
मन होता
बेलौस चौकड़ी भरने का
टीस रहे हैं काँधे
लाद सयानापन।

नव्य पथ

नव सृष्टि कोई चाहिए

स्वार्थ
गढ़ते हैं कुटिल राजाज्ञायें
चलन में फिर हैं
शकुनि की छलकलायें

आचरण उत्कृष्ण कोई चाहिए

मोह के अंधे
विरासत लिख रहे हैं
लाक्षागृह पर
धुएँ फिर दिख रहे हैं

इक विदुर सी दृष्टि कोई चाहिए

आखड़े संबंध
रण में सामने हैं
तीर अर्जुन के
हुए फिर अनमने हैं

अब समय को कृष्ण कोई चाहिए।

कृष्ण भारतीय

मोबाइल - 09650010441
ईमेल - kbhasin15@gmail.com
पुस्तकें - हैं जटायु से अपाहिज हम (नवगीत संग्रह)
पता - एस.डी. 382, शास्त्री नगर (ग्राउण्ड फ्लोर)
गाजियाबाद-201 002 (उत्तर प्रदेश)

टूटती खपरैल वाले दिन

हर सुबह उभरे कंधों पर उठाये
मरखने से बैल वाले दिन!

एक कोलाहल ठहाका मारकर
चीरता है आर से उस पार;
काट खाने दौड़ता है, घर
शहर भी कम नहीं खूँखार ;

शाम लेकर लौटती बहता पसीना
और काली मैल वाले दिन।

चुलबुली सी एक किलकारी ठुनक कर
रूठकर, जब माँगती है चीज़;
देहरी पर फूल की स्वागत : हँसी
गँधों भरा जब सौंपती ताबीज़ ;

बस तभी महसूसते, कितने भले हैं
टूटती खपरैल वाले दिन।

बुज़ुर्गों का पीड़ागीत

मख़मल में पैबन्द फटीचर बहुत बुरा लगता है
ज्यों सुन्दर घर के कोने में पड़ा हुआ हो कूड़ा।

पूरा घर, खाने दौड़े ज्यों
बररइयों के छत्ते;
खिले बाग को, नहीं सुहाते
निर्बल सूखे पत्ते;
खिले बाग का बूढ़ा बरगद
गुमसुम खड़ा हुआ है;
वैसे बाग, उसी के श्रम से
इतना बड़ा हुआ है;

सुन्दर हरी घास पे जब महँगा क़ालीन बिछा हो
कहाँ जमेगा, उस पर रखा, टूटा फूटा मूढ़ा!

सुबह शाम, जिस घर में चहके
प्यारे नाती पोती;
या कि, जीवन की बहुमूल्य विरासत
हीरेमोती;
वहीं किचन में, चाय बनाती या
पूजा करती है
कहीं किसी कोने में अम्माँ, पड़ी
लपेटे धोती;

काली काली लहराती ज़ुल्फ़ों में कहाँ जमेगा
इक बूढ़ी औरत का सन सा उँथागुँथा सा जूड़ा!

हर घर में इक फ़िल्मों वाला

बँधा सीन होता है;
एक झुर्रियों वाला जोड़ा
थका हीन होता है;
बेबस सा लाचार खाँसता
हुआ काँपता जैसे
कूड़े का घर के कोने में
डस्टबीन होता है;

जैसे झाड़पोंछ कूड़ा हम, कोने में रखते हैं
ऐसे ही घर के कोने में, पड़ा हुआ है बूढ़ा।

धूप लाड़ली बेटी जैसी

सर्द हवा, कोहरा, सन्नाटा
आयी घर से धूप निकल के।

ठिठुर रहे थे बूढ़े बाबा, ठंड मगर
क्यों रहम दिखाये ;
भली धूप ने घबरा करके, गरम
धूप के शाल उड़ाये ;

आयी तब बूढ़े बाबा को
राहत की कुछ साँस निकल के!

धूप कूद, छज्जे पर बैठी, चौके में
अम्माँ को देखा;
काँप काँप वो बाँच रही थी, पूरे घर का
लेखाजोखा ;
धूप लाड़ली बेटी जैसी

चहकी उससे ख़ूब लिपट के!

तभी नकचढ़ी भाभी के मन, गरम धूप की
चाहत जागी;
झट से धूप कूद कर उतरी, मचा हड़बड़ी
घर से भागी;

धूप उसे नफरत से देखे
जो रहते हों बड़ी अकड़ के!

पहली तारीख़

थकी उम्र पर चढ़ी ताजगी
हँस कर जीने की!

देहरी चढ़ी, झटक के कंधे
फेंकी थकन लदी;
चूड़ी हँसी, लहक बाँहो में
भर भर आयी नदी;

गुलदस्ते सी महकी, लौटी
गन्ध पसीने की!

ताज़ी हवा आज खुश पूरे
घर भर में डोली;
आँसू भर, खाली पीपे की
व्यथा हँसी बोली;

है पहली तारीख़ दोस्तो
आज महीने की!

गंगा प्रसाद अरुण

मोबाइल - 09234872041 / 07761802074
पुस्तकें - विभिन्न विधाओं की चार पुस्तकें प्रकाशित
पता - 21बी, रोड-1, जोन-4, बिरसानगर
जमशेदपुर-831019

आड़ी तिरछी भाव भंगिमा

अपनेपन की आँख-मिचौली
छलती रही सदा!

कैसा द्वेष? दुश्मनी कैसी?
समझ न पाया मन
दूर कहीं खंदक कोटर में
बिसुरे अपनापन
मोम दीप सी कौणा कोमल
गलती रही सदा।

अपनी कुल पहचान मिटाकर
निर्मम क्षण ठहरे
बड़ी कठिन हैं रातें
दिन ज्यों खोटे, आग भरे
उम्र ढलानों पर चंदासी
ढलती रही सदा।

अलबम के कुल नाते-रिश्ते
इतने दूर हुए
एक अंश ऊष्मा की खातिर

हम बेनूर हुए
अपनी किस्मत हाथहथेली
मलती रही सदा।

तन चुकता, मद मौन टपकता
जलन घुटन द्वारे
बाँट रहे अगजग की माया
मौसम बंजारे
आड़ी-तिरछी भाव-भंगिमा
खलती रही सदा।

नयी सदी में

नयी सदी में
नवयुग में
यह सब आसान हुआ!

कलयुग के नव मय दानव की
ऐसी कला दिखी
कूप बने स्तूप
और कुल सड़क समंदरसी
जनजन अपनजाना दुर्योधन
बस, अपमान हुआ!

बिछी बिसात
दाँव पर फिर
पांचाली को रख दी
खरेखरे को तज
आगे वाचाली को रख दी
महारथी कुल गूँगे बहरे

ऐसा भान हुआ!

चक्रव्यूह लाक्षागृह
अब तो चारों ओर सजे
रणभेरी दुंदुभी तमंचे
हर दर पुनः बजे
कौरव ही जीतेंगे
भारत बहुत महान हुआ!

जिन्सों के बाज़ारभाव अब

सोना सुलगा, चाँदी चमकी
तेज़ी का आभास
जिन्सों के बाज़ारभाव अब
नाप रहे आकाश!

चावल दालें टूट खड़े हैं
सब तिलहन मज़बूत
हल्दी, जीरा, मिर्चमसालों में
बढ़ते की छूत
गेहूँगुड़ गिरगिर सँभले
शक्कर की घुली मिठास।

गिरीनारियल, सूखे मेवे
सब के सब बेस्वाद
शाक सब्जियाँ, पापड़ बड़ियाँ
रहे नहीं अपवाद
छापाजब्ती, राहत चर्चा
बस कोरे बकवास!

चाय चढ़ी, उड़द उफान पर
घीसाबुन सब तेज
नकली रूपरंग, रंगदारी
बात सनसनीखेज़
किस कोने में जाकर रोयें
गायें किसके पास?

बोयें अबीर, काटें गुलाल

पसरेगा मौसम का कमाल
बोयें अबीर, काटें गुलाल।

अमराई गंधों की उड़ान
कलियों बौरों की शानबान
सातों स्वर में लगरायेंगीं
कोकिल मधुकर की मधुर तान
कुछ भी रह जाये ना मलाल।

वन उपवन सतरंगी बिसात
सरवर तड़ाग सुन्दर सुहात
गुनगुनी धूप, सुरभित बयार
दिन दोपहरी, संझा प्रभात
कुछ सिंदूरी, कुछ अरुण लाल।

गल जाए कुल गर्हित सवाल
मच जाए जीवन में धमाल
ढोल मृदंग मँजीरे संग
गूँजे वासंती सरस ताल
कुल गीत गज़ल कविता खयाल।

गणेश गम्भीर (गणेश शंकर श्रीवास्तव)

मोबाइल - 9335407539
पुस्तकें - विभिन्न विधाओं की चार पुस्तकें प्रकाशित
सम्पर्क - घास की गली, वासलीगंज,
मीरजापुर231001, उ0प्र0

सबसे सुन्दर गीत

सबसे सुन्दर गीत वहाँ है
जहाँ
एक छोटा सा बच्चा हँसता है।

बिना दाँत के लाल मसूढ़े
शब्द नहीं कुछ ध्वनियाँ
स्वप्न महल बन जाती है
यह ऊबड़-खाबड़ दुनियाँ

सबसे सुन्दर गीत वहाँ है
जहाँ
देह पर सजन स्वागतम् लिखता है।

उमगा हुआ वसंत
पहाड़ों पर लिखता हो टेसू
महुआ चुएआम बौराए
धूप नहाये तेंदू

सबसे सुन्दर गीत वहाँ है
जहाँ

रात में मादक मादल बजता है।

दुख के चोकर भूसी से
क्यों ढूँढ़े सुख का दाना
गौरइयों का नापसन्द अब
बाजों से डर जाना

सबसे सुन्दर गीत वहाँ है
जहाँ
परिन्दा मुक्त गगन में उड़ता है।

कुछ नहीं है हाथ अपने

कुछ नहीं है हाथ अपने
यहाँ तक कि
हाथ भी अपने
नहीं हैं साथ अपने।

दायाँ
बायें की तरह
प्रतिरोध में हिलने लगा है
बायाँ
सुविधा भोग की
रेजगारियाँ गिनने लगा है

लाभ प्रेरित प्रार्थना में
झुक गया सर
मुड़े घुटने।

पीठ पीछे

मोम प्रतिमाएँ खड़ी हैं
पूर्वजों की
आँख में छवि
तेज आते अग्निरथ
उड़ते ध्वजों की

तर्क पापी बुद्धि लोभी
मन लगा है
फिर उलझने।

सामने का समय है
चालाक
गोट्टीबाज पूरा
यक्ष बनकर
प्रश्न करता है
सदा आधा अधूरा

और उत्तर के बिना
जलमें नहीं देता उतरने।

पक्ष में कोई नहीं
प्रतिपक्ष में
मौसम हवायें
फिर भी साहस
दे रही है
मित्र बनकर आस्थायें

युद्धरत हूँ
शस्त्र की मानिन्द हैं
संकल्प सपने।

और कितने दिन

यह तिलस्मी शाम पतझड़ की
सँजोये आँख में
और कितने दिन हमें
कंकाल बन रहना पड़ेगा।

किस घड़ी के आगमन तक
एक ग्यारहवीं दिशा में ही खड़ी
श्रोती रहेगी अस्मिता अपनी,
रक्त का सम्मान पानी को
याचकों सी भंगिमा ओढ़े
देती रहेगी सूखती धमनी

डूबते सूरज का कोई मनोहारी दृश्य बन
और कितने दिन हमें
आकाश में टँगना पड़ेगा।

कहाँ तक आखिर सिमटना हो सकेगा
विस्तार की सम्भावना को
मूर्त करने हेतु,
लहर पर लहरें अनिश्चय का अगम सागर
काँपता - है कोशिशों का
दीन दुर्बल सेतु

धार्मिक आख्यान में वर्णित खजाने के लिये
और कितने दिन हमें
पाताल में धँसना पड़ेगा।

गुलाब सिंह

मोबाइल - 9936379937
पुस्तकें - विभिन्न विधाओं की पाँच पुस्तकें प्रकाशित
पता - ग्राम बिगहनी, पोस्ट बिगहना,
इलाहाबाद, पिन-212305

नवाचारों का समय है

नवाचारों का समय है
दृष्टि डालें
आज तक अपने किये पर।

सर्द नमतर कागज़ों पर
गर्म बहसों के नतीजे
सिमट कर अक्षर हुए
स्टोरघर में पड़ी चीजें
कीमती कुछ बिन्दु छूटे
झलकते हैं हाशिये पर।

दोस्ती के हाथ लम्बे
बर्फ सी ठंडी हथेली
बन्द दरवाजों की बैठक
में खुली खिड़की अकेली
झाँकती भयभीत आँखें
तब्सिरा जै माफ़िये पर।

अपनी सीमाओं से गाफ़िल
गोलमेजी वार्ताएँ
प्रश्न हैं वटवृक्ष जैसे

जड़ों से ज़्यादा जटायें
शब्द तो उलझे हलक में
तोहमतें दोभाषिये पर।

सीढ़ी पर बैठे हम दोनों

एक कंकड़ी हमने फेंकी
दो कंकड़ फेंके तुमने
सीढ़ी पर बैठे हम दोनों
उठती लहरें गिनने।

खालीपन का शगल कहें
या प्रौढ़ दिनों का बचपन
जोड़ रहा बेमेल पलों को
मुग्ध पचासी पचपन
अवसर पाते दिनचर्या
हटकर लगती कुछ करने।

मुस्कानों की उम्र न कोई
दिल की दिशा न स्थिर
निर्गुण सगुण, सगुण से
निर्गुण होते रहते फिरफिर
हम तो चंदन घिसो या काटो
आये सिर्फ़ महकने।

नदी कोई बाज़ार न लहरें
धार वस्तुएँ सौदे
सपनों के प्रवाह ही होते
कल के नये नसौदे
कल हंसों के युग्म निकलते

तट पर मोती चुनने!

एक अजब ग्लेशियर किनारे

एक अजब ग्लेशियर किनारे
राही
रुके हुए सच।

भीतर का पानी अदहनसा
बाहर जमी बरफ है
एक तरफ
छाती तक दलदल
अगम बाढ़ का दरिया
एक तरफ है

मनमानी बह रही हवाएँ
जंगल झुके हुए सब।

बंद द्वार
अधखुली खिड़कियाँ
झाँक रहीं कुछ आँखें
सूरज के मुँह पर
संध्या की
काली अनगिन
तीर सरीखी
चुभती हुई सलाखें

अपने चेहरे के पीछे
चुप
सहमे लुके हुए सब।

एक कंकड़ी हमने फेंकी

एक कंकड़ी हमने फेंकी
दो कंकड़ फेंके तुमने
सीढ़ी पर बैठे हम दोनों
उठती लहरें गिनने।

खालीपन का शगल कहें
या प्रौढ़ दिनों का बचपन
जोड़ रहा बेमेल पलों को
मुग्ध पचासी पचपन
अवसर पाते दिनचर्या
हटकर लगती कुछ करने।

मुस्कानों की उम्र न कोई
दिल की दिशा न स्थिर
निर्गुण सगुण, सगुण से
निर्गुण होते रहते फिरफिर
हम तो चंदन घिसो या काटो
आये सिर्फ़ महकने!

नदी कोई बाज़ार, न लहरें धार,
वस्तुएँ सौदे
सपनों के प्रवाह ही होते
कल के नये मसौदे
कल हंसों के युग्म निकलते
तट पर मोती चुगने!

जगदीश पंकज

मोबाइल - 8860446774
ईमेल - jpjend@yahoo.co.in
पुस्तकें - सुनो मुझे भी, निषिद्धों की गली का नागरिक
पता - सोमसदन 5/41 सेक्टर 2, राजेन्द्र नगर,
साहिबाबाद ग़ाज़ियाबाद201005

लिख दिए हमने शिला पर प्रश्न

लिख दिए हमने
शिला पर प्रश्न
संवेदित समय के
और गाकर वेदना
चुप हो गईं
सारी दिशाएँ

जिंदगी ने मत्यु को
आवाज देकर
साँस के सन्ताप की
पीड़ा बतायी है हवा को
अनवरत चलते हुए
हारा नहीं श्रम
दे रहा विश्वास भी
संघर्षरत हर चेतना को

एक ज्योतिर्मय सुबह की
कामना में
आज को भी,

जी न पाये
बस तलाशीं
सूर्य की संभावनाएँ

वर्जनाओं की
मिली हैं सूचियाँ ही
संहिताओं के सजीले
कोष से निष्पक्षता में
चल रहा निर्बाध
साँकल से बँधा यह
क्रूरता का खेल भी
हर संतुलन की दक्षता में

हम शकुनि के
पाँस से हारे हुए
जाएँ कहाँ पर
जब विदुर
असहाय हो बस
मौन रहकर तिलमिलायें

सीख हम पाये नहीं
गायन अभी तक
ले नहीं आलाप पाये
राग दरबारी सदन में
हैं नहीं अनुकूल भी
हम पीठिका के
जिन्दगी पूरी कटी है
त्रासदी गाकर रुदन में

संस्मरणों को
सुलाया थपथपाकर

बेबसी में
अब प्रसंगों को
उठाकर फेंक दें
या कुनमुनाएँ

थपथपाये हैं हवा ने द्वार मेरे

थपथपाये हैं हवा ने द्वार मेरे
क्या किसी बदलाव के
संकेत हैं ये

फुसफुसाहट!
खिड़कियों के कान में भी
क्या कोई षड्यन्त्र
पलता जा रहा है
या हमारी
शुद्ध निजता के हनन को
फिर नियोजित तंत्र
ढलता जा रहा है

मैं चकित गुमसुम गगन की बेबसी से
क्या किसी ठहराव के
संकेत हैं ये

चुभ रहा है सत्य
जिनकी हर नज़र को
वे उड़ाना चाहते हैं
आँधियों से
या कोई निर्जीव सुविधा
फेंक मुझको

बाँध देना चाहते हैं
संधियों से

जब असह उनको हमारा हर कदम तो
क्या सभी बहलाव के
संकेत हैं ये

धूल, धुआ, धुंध
फैले आँगनों में
जो दिवस की रोशनी को
ढक रहे हैं
पर सदा प्रतिबद्ध
रहते देख मुझको
चाल अपनी व्यर्थ पाकर
थक रहे हैं

लग रहा है अब मुझे हर पल निरन्तर
बस बदलते दाँव के
संकेत हैं ये

जय चक्रवर्ती

मोबाइल - नंबर : 9839665691
ईमेल - jai.chakrawarti@gmail.com
पुस्तकें - संदर्भों की आग (दोहा संग्रह)
थोड़ा लिखा समझना ज़्यादा (नवगीत संग्रह)
पता - एम.1/149, जवाहर विहार, रायबरेली

प्रश्न मत पूछो

प्रश्न मत पूछो
बताया जा रहा है जो
उसे मानो
किसी से प्रश्न मत पूछो।

सवालों से हमारी
आस्था को चोट लगती है
घुली जो रक्त में
उस व्यवस्था को चोट लगती है।

रटाया जा रहा है जो
रटो उसको
कहीं भी तर्क मत खोजो।

कहें हम नीम को यदि आम
तुमको आम कहना है
इसे आकाश से उतरा हुआ
पैगाम कहना है

सुनाया जा रहा है जो
सुनो उसको
कभी दो बोल मत बोलो।

हवा मे मुट्ठियाँ
लहरा रहा है एक जादूगर
चतुर्दिक तालियों का
शोर –प्रायोजित बिंधा घरघर

दिखाया जा रहा है जो
वही देखो
कहीं कुछ और मत सोचो।

यूँ निचोड़ा वक़्त ने

यूँ निचोड़ा वक़्त ने
तन हुआ
सूखी झील जैसा

सुबह से शाम तक बँटते रहे
हर रोज़ रिश्तों में
कभी इस पर
कभी उस पर हुए हम
खर्च किश्तों में

घर रहा
फ़रमाइशों की
ज़िदों की तहसील जैसा

किए ईमान की पोथी

भटकते हम
फिरे दरदर
मिली हर पाठशाला में
ये पुस्तक
कोर्स से बाहर

मिला अकसर
दोस्तों का प्यार
'मिड डे मील' जैसा

उगे वन नागफनियों के
जहाँ बोया गुलाबों को
सजाते तो कहाँ आखिर सजाते
अपने ख़्वाबों को

फूल जैसा प्रश्न
उत्तर :
जंग खायी कील जैसा।

आओ बैठो पास

आओ, बैठो पास
करें कुछ मन की बातें

ऐसी बातें नहीं कि
जैसी करती दिल्ली
छूँछे वादे करके
रोज़ उड़ाती खिल्ली

आओ, बाँटें हम

विश्वासों की सौगात।

ऐसी बातें नहीं
करे जैसी अमरीका
रौब दिखाता दुनिया को
अपनी धरती का

आओ, होने दें
अपनेपन की बरसातें।

ऐसी बातें नहीं
करें जैसी व्यापारी
लाभहानि, क्रयविक्रय
अथवा नकद उधारी

आओ, जी लें सुख दुःख
यादों की बारातें।

वे बातें भी नहीं
करें जो पंडित मुल्ला
लड़वाते हमको हमसे ही
खुल्लमखुल्ला

आओ, सँगसँग चलें
छोड़ घातें प्रतिघातें।

जयराम जय

मोबाइल - 9515429104
ईमेल - jairamjay2011@gmail.com
पता - पर्णिका बी11/1 कृष्ण विहार, आवास विकास
कल्याणपुर, कानपुर 208017(उ0प्र0)

प्रेम नगर से अर्थ नगर तक

प्रेम नगर से अर्थ नगर तक
प्रगति हमारी है
फिर भी सबके चेहरों पर
केवल लाचारी है

धमाचौकड़ी मची हुई है
आगे बढ़ने की
चिन्ता एक सताती रहती
ढफली मढ़ने की
मिला नहीं सन्तोष अभी भी
मारा मारी है

पास हमारे सबकुछ है पर
पल भर चैन नहीं
ऐसा कोई मिला नहीं है
जो बेचैन नहीं
चमक दमक जो भी दिखती है
सिर्फ उधारी है

पगपग पर संघर्ष हर्ष का

खोज रहे रस्ता
बचपन लादे हुये वजन से
है दूना बस्ता
मातपिता - की हुई कामना
इनपे भारी है

बने डॉक्टर अभियन्ता या
फिर हो आईएएस
इसके आगे और नहीं है
अपना कोई बस
संस्कृति कला कूप का जल
अब सबको खारी है

बहुरेंगे फिर दिन बहुरेंगे
निश्चय है इक दिन
लेकिन ये सब हो सकता है
नहीं तुम्हारे बिन
आओ मिलकर छोडें जो
आदत ज़रदारी है

तनावों का ज़हर

ये शहर है
व्यस्तताओं का शहर
पी रहे हैं हम
तनावों का ज़हर

सुबह से ही छोड़ घर
सड़क दौड़े
दिख रहे हैं संकुचित

फुटपाथ चौड़े
एक भागमभाग
ढाती है कहर

रिक्शा बाइक कार
चल रहे पैदल
फाँकते हैं धूल
हाँफते हैं पल
धुआँ पीते
बीत जाते हैं पहर

छूट जाती ट्रेन
और ऑफिस बस
रास्ते में ही
घड़ियाँ बजाती दस
सोचकर हम
पसीने से हुए तर

ये शहर है
व्यस्तताओं का शहर
पी रहे हैं हम
तनावों का ज़हर

कौन अब बाँटे?

सबने अपनी राह में हैं
बो दिये काँटे
दर्द सबका कौन अब बाँटे ?

अमराई महकी
आँगन में
तरसे मन
सूखे सावन में
साथी मेरा
इन्टरनेट से
टुकुर टुकुर ताके

टुकुर टुकुर ताके
दर्द सबका कौन अब बाँटे ?

लगते उजले
दिन हैं काले
यादें संग
महुआ के प्याले
वह नहीं
हमारे पास तो फिर
कौन अब डाँटे ?

कौन अब डॉटे
दर्द सबका कौन अब बाँटे ?

रात चाँदनी
बेला महके

त्रिलोक सिंह ठकुरेला

मोबाइल - 9460714267
ईमेल - trilokthakurela@gmail.com
पुस्तकें - नया सवेरा (बालसाहित्य)
काव्यगंधा (कुण्डलिया संग्रह)
पता - बँगला संख्या 99, आबू रोड 307026
सिरोही (राजस्थान)

तुम सिर्फ भूखंड की सीमा नहीं हो

हरित धरती, थिरकती नदियाँ,
हवा के
मदभरे सन्देश!
तुम सिर्फ भूखंड की सीमा नहीं हो देश!

भावनाओं, संस्कृति के प्राण हो
जीवन कथा हो
मनुजता के अमित सुख तुम
अनकही अंतर्व्यथा हो
प्रेम, करुणा, त्याग, ममता,
शुद्ध गुण परिपूर्ण
तुम तपवेश।
तुम सिर्फ भूखंड की सीमा नहीं हो देश!

पर्वतों की शृंखला हो
सुनहरी पूरब दिशा हो
इंद्रधनुषी स्वप्न की
सुखदायिनी मधुमय निशा हो

गंध, कलरव, खिलखिलाहट, प्यार
एवं स्वर्ग का परिवेश
तुम सिर्फ भूखंड की सीमा नहीं हो देश!

तुम्हीं से यह तन
तुम्हीं से प्राण, यह जीवन
मुझ अकिंचन पर
तुम्हारी ही कृपा का धन
मधुरता, मधुहास, साहस
और जीवनगति..
तुम्हीं देवेश!
तुम सिर्फ भूखंड की सीमा नहीं हो देश!

बीत गए युग दीप जलाते

बीत गए युग दीप जलाते
विजयपर्व के भ्रम में

विजयपर्व के भ्रम में जीकर
बीती उम्र हमारी,
मिलती रही हमें पगपग पर
घुटन और लाचारी
इन्तजार है, अपने द्वारे
सुख की आहट पायें

आशाओं के दीप जलाये
घर आँगन चौबारे
अंधकार की सत्ता जीती
हम सदैव ही हारे
जीतेंगे हम, शर्त एक है

स्वयं दीप बन जायें!

मन की काली घनी अमावस
होगी ख़त्म किसी दिन,
उम्मीदों की चिड़ियाँ
आँगन में गायेंगी पलछिन,
आओ, स्वागत करें भोर का
मंगलध्वनियाँ गाएँ

करघा व्यर्थ हुआ

करघा व्यर्थ हुआ
कबीर ने बुनना छोड़ दिया।

काशी में नंगों का बहुमत
अब चादर की
किसे जरूरत,
सिर धुन रहे कबीर
रूई को
धुनना छोड़ दिया।

धुंध भरे दिन काली रातें
पहले जैसी
रहीं न बातें
लोग काँच पर मोहित
मोती
चुनना छोड़ दिया।

तनमन थका
गाँव घर जाकर,

किसे सुनायें ढाई आखर,
लोग हुए बुत
सच्ची बातें
सुनना छोड़ दिया।

मैं निःशब्द भला क्या बोलूँ?

पिता! आप विस्तृत नभ जैसे
मैं निःशब्द भला क्या बोलूँ?

देख मेरे जीवन में आतप
बने सघन मेघों की छाया,
ढाँढस के फूलों से जब तब
मेरे मन का बाग़ सजाया
यही चाहते रहे उम्र भर
मैं सुख के सपनों में डोलूँ

कभी सख्त चट्टान सरीखे
कभी प्रेम की प्यारी मूरत
कल्पवृक्ष मेरे जीवन के
पूरी हो हर एक जरूरत
देते रहे अपरमित मुझको
सरल नहीं मैं उऋण हो लूँ

स्मृतियों के पावन भू पर
पिता, आपका अभिनन्दन है
शतशत नमन, वन्दना शतशत
श्रद्धा से यह नत जीवन है
यादों की मिश्री ले बैठा
मैं मन में जीवन भर घोलूँ

देवेन्द्र शर्मा 'इन्द्र'

दूरभाष - 0120 4334873
पुस्तकें - चौदह नवगीत संग्रह प्रकाशित
पता - 'इन्द्रप्रस्थ',10/61 सेक्टर 3,राजेन्द्र नगर,
साहिबाबाद, ग़ाज़ियाबाद 201005 (उ.प्र.)

विस्मृति के अतल गर्भ में

मैं विस्मति के अतल गर्भ में उतर रहा हूँ सीढ़ी सीढ़ी
जाने अब आगन्तुक पीढ़ी
मैंने क्या कुछ नहीं किया है

उज्जयिनी, धारा, विदिशा की
बसी हुईं मुझमें यात्राएँ
पाटलिपुत्र,मगध, वैशाली
ताम्रलिप्ति की स्वर्णाभाएँ

हर उत्सव में समारोह में, पहुँचूँ अब कैसे संभव है
घर से बाहर गए बिना ही
मैंने सब कुछ देख लिया है

पारिजात था एक स्वर्ग में
मैं उसको भू पर ले आया
नूतन ताल छन्द स्वर लय से
अभिनव गीतवितान सजाया

धरती का आँचल रीता था, सूनासूना नील गगन था
गिरि, वन, सर, रवि, शशि, उडुगण दे

उनको मैंने क्या न दिया है

नभ पर कभी कभी ही घिरती
स्वातिनखत की छवि बदरीली
सुधा कलश से बुझे नहीं जो
ऐसी मेरी प्यास हठीली

जनम जनम से बहती मुझमें पलपल पतित पावनि गंगा
बदल बदल कर घाट घाट का
पानी मैंने नहीं पिया है

मलयज किसलय धूमवलयमय
मन का संवेदन पथराया
तक्षशिला से नालन्दा तक
दुरभिसन्धिनी फैली छाया

तुम्हें चाहिए छाँव घनेरी, मीठे फल फूलों की ढेरी
इसे नीर दो, इसे खाद दो
पौधा मैंने रोप दिया है

गीत सिन्दूरी : गंध कपूरी

कहाँ गए वे गीत सिंदूरी
कहाँ गयी वह गंध कपूरी

निराधार धारा नगरी के
हम वे राजा भोज रहे हैं
रेतीले विस्तारों में जो
सरस्वती को खोज रहे हैं
कहाँ झाड़ियों में जा उलझी

लयछन्दों की लता अँगूरी

नील झील के कुमुद वनों को
मत्त कुंजरों ने आ तोड़ा
कोई कहीं तरंग न उठती
बिछुड़ा वह हंसों का जोड़ा
यहाँ न आते प्यास बुझाने
चम्पकवर्णी मृग कस्तूरी

बनते मिटते दृश्य मनोरम
स्मृतियों के धुँधले ध्रुवान्त पर
श्यामशुभ्र मेघों की छाया
बस्ती के निर्जन उपान्त पर
अब न नाचता मंजु मयूरा
अब न हेरती मुग्ध मयूरी

शेष रहा हेमन्त समीरण
बीत गया मधु का वह उत्सव
शालभंजिकाओं पर अंकित
धूमिल हुआ विगत का वैभव
हाल! तुम्हारी गाथाओं पर
धूल जम रही भूरी भूरी

मैं अनन्त हूँ

अपने एकान्त पीठ का
मैं महन्त हूँ!

भिक्षुक है सारी दुनिया
मुझको यह देगी भी क्या

द्वार-द्वार जाकर मैंने
झोली को कब फैलाया

सीमित हूँ
फैलूँ तो दिग्दिगंत हूँ!

अक्षरमुद्रा के रथ पर
मैं नहीं कहाँ कहाँ गया
था मेरा पुनर्संस्करण
जो कुछ भी सूक्त था नया

पतझर की भस्म से उगा
नव वसन्त हूँ!

सन्नाटे की लिपियों में
मैं ब्राह्मी बीजाक्षर हूँ
पूजा के देवालय में
मन्त्रोज्ज्वल मंगल स्वर हूँ

तद्धित हूँ व्याकरणों में
मैं कृदन्त हूँ!

मैं रचता, तोड़ता रहा
देशकाल की सीमाएँ
लयवन्ती मुझसे होतीं
सर्जन की गीताभाएँ

मैं अनादि संवेदन हूँ
मैं अनन्त हूँ!

धीरज श्रीवास्तव

जन्म - 01 सितंबर 1974

मोबाइल - 8858001681, 7800067890

ईमेल - srivastavadheeraj89@gmail.com

पता - ए259, संचार विहार कॉलोनी, आइटीआइ
मनकापुर, जनपद गोण्डा (उप्र)271308

सुखियों से परिहास

जब जब घर आता मैं अपने
दिखता बहुत उदास
चौखट करने लगती मेरी
सुधियों से परिहास!

नीम निहारे मुझे एकटक
पूछे कई सवाल!
क्योंकर मेरी याद न आती
इतने इतने साल!
आये हो तो मत जाना अब
तुमसे है अरदास!

देख मुझे बूढ़ी दीवारें
हो जाती हैं दंग!
राख दौड़कर पुरखों की भी
लग जाती है अंग
कुर्सी चलकर बाबूजी की
आ जाती है पास

अलमारी की सभी किताबें
करने लगतीं बात।
अम्मा की सब मीठी बातें
कह जाती है रात।
बाबा, दादी और बुआ का
होता है आभास ..

बारादरी रसोई आँगन
बतियाते सब खूब
और बताते कैसे निकली
फर्श फोड़ कर दूब!
बैठ रुआँसा कहे ओसारा
यहीं करो अब वास!

क्या रक्खा अब यार गाँव में

क्या रक्खा अब यार गाँव में!
नहीं रहा अब प्यार गाँव में!

बड़कन के दरवाजे पर है
खूँटा गड़ा बुझावन का
फोड़ दिया सर कल्लू ने कल
अब्दुल और खिलावन का
गली गली में बैर भाव बस
मतलब रक्खा अब यार गाँव में!

बेटी की लुट गयी आबरू
बूढ़ा श्याम अभी जिन्दा
देख बेबसी बेचारे की
मजा ले रहा गोविन्दा!

सच का है मुँह धुआँ धुआँ बस
झूठों का अधिकार गाँव में
क्या रक्खा अब यार गाँव में!

टूट चुकी मर्यादा सारी
बिगड़ों पर प्रतिबंध नहीं
गौरी भोला चिनगुद में भी
पहले सा संबंध नहीं
चोर उचक्के बने चौधरी
घूम रहे मक्कार गाँव में
क्या रक्खा अब यार गाँव में!

दाल खौलती है चूल्हे में

दाल खौलती है चूल्हे में
जले पतीली आग सखी!
फटे हृदय का हाल न पूछो
रही बैठकर ताग सखी!

चिन्तनीय है दशा बहुत ही
कौन कौन सी कथा कहूँ?
कैसे भला रहे अब कोई
किससे मन की व्यथा कहूँ?
साजन भी परदेश गये हैं
मुझे छोड़कर भाग सखी!

देख मुझे बस हँसे वेदना
नयनों में जल ही जल है!
यज्ञ सुखों का कर पाना अब
दण्डक वन में मुश्किल है।

महँगाई की सोई डायन
गई आजकल जाग सखी!

बदली बदली हवा गाँव की
बदले सभी नज़ारे हैं
सेठ बने हैं गिद्ध सभी अब
एक हमीं बन्जारे हैं!
चील खेलती रंग यहाँ पर
कौए गाते फाग सखी!

यहाँ पहुँच से बिल्कुल बाहर
आलू का है दाम हुआ
सूखे लहसुन अरमानों के
और प्याज बदनाम हुआ
आसमान में रोज़ खोंटती
बस बथुए साह सखी!

नचिकेता

मोबाइल - 9835260441
पुस्तकें - विभिन्न विधाओं की 21 पुस्तकें प्रकाशित
पता - आनन्द विहार कॉलोनी, पत्रालय-बहादुरपुर
हाउसिंग कॉलोनी, पटना 800026

कब आओगी

साँसों के डोरे अझुराये
तुम कब आओगी?

घर आँगन
छत पंथ निहारें
बर्तन बासन तुम्हें पुकारें
तुलसी की बिरवा मुरझाये
तुम कब आओगी?

तितरबितर हो गयीं किताबें
दीख रही हैं नहीं
जुराबें
दर्पण पर टिकुली मुस्काये
तुम कब आओगी?

मन में सुलग रहे
अंगारे
दिन में भी दिखते हैं तारे
पुरवा मन की टीस बढ़ाये
तुम कब आओगी

छीया छीया

सकते में आ गई सदी है
छीया छीया
क्या अच्छा अहसास यही है
छीया छीया

आँखों में पहचान नहीं है
स्वस्थ जिस्म में जान नहीं है
कटी गाछ की हर टहनी है
छीया छीया

आँख मुँदी है, नींद नहीं है
सपनों की उम्मीद नहीं है
सूखे झरने, रिक्त नदी है
छीया छीया

भाग्योदय का मंत्र अयोध्या
दर्शन है गुजरात गोधरा
जिह्वा पर झरबेर उगी है
छीया छीया

कमरे में भर गया धुआँ है
हर चेहरा बदरंग हुआ है
'लता' गीत गुनगुना रही है
छीया छीया

कविता का जीवन

लयछंदों के बिना
न कविता जी सकती है

ठेठ गद्य में
कविता कभी न ढल सकती है
उष्मा पाये बिना
न बर्फ पिघल सकती है
डोरे बिना
न सुई कपड़े सी सकती है

रंग गंध के बिना
फूल का मान न होता
बिना कंठ निःसृत कोई भी
गान न होता
धीरज है तो
आँखें आँसू पी सकती हैं।

अर्थ शब्द के
संयोजन में अंतर्निहित है
अंक बिना क्या पूरा करता
कार्य गणित है?
मुक्ति बिना संघर्ष
भीख जैसी लगती है

नदी सा बहना

मैं तो
एक नदी सा हर पल
बहना चाहूँगा

जो प्यासे को पानी
फसलों को दे हरियाली
फूलों को रस, रंग, सुरभि दे
श्रमरू को लाली
बनकर कच्चा काठ
न कभी उलहना चाहूँगा

जो मीलों तक फैले
बंजरपन को नहला दे
गहन उदासी के मुँह पर
मुस्कानें चिपका दे
तितली सा उड़कर
क्षण भर भी दहना चाहूँगा

कटे हुए डैने में भी
ऊँची उड़ान भर दे
आँखों को सपने,
गीतों को नया अर्थ,
स्वर दे
उम्मीदों के बिना
न जीवित रहना चाहूँगा

निशा कोठारी

मोबाइल - 9831063444
ईमेल - nishakothari26@gmail.com
पता - 5 सी/एफ अन्नदा नियोगी लेन, बाग बाजार
कोलकाता 700003

सच बेचारा

वो भी एक ज़माना था जब
धाक जमा करती थी इसकी
अब लाचार खड़ा है सच।

रातों को सूरज दिखते हैं
दिन में चाँद सितारे
आगे बढ़ने की ख़ातिर
होते समझौते सारे

कहने को शिव है, सुन्दर है
और बड़ा है,
लेकिन खुदगर्ज़ी से
कहाँ बड़ा है सच?

धरती छूट रही पैरों से
नाप रहे हैं अम्बर
तन पर चादर रंगबिरंगी
मन हो गए दिगम्बर

इठलाते इतराते फिरते

नंगेभुच्चे सबसे ऊँचे
मारे शर्म गड़ा है सच।

तथ्य सभी के अपने अपने
अपनी परिभाषाएँ
सत्य कहाँ है पूछ रही हैं
सहमी हुईं हवाएँ

सच की कसमें सच के पुतले
सच के नारों उद्घोषों में
दुबका हुआ पड़ा है सच!

एक तरफ चित वो भी सच है
एक तरफ पट वो भी
एक उठा तो एक दबेगा
कर लो चाहे जो भी

अकड़ दिखाता नहीं किसी को
अच्छाई वाले नियमों के
फंदे में जकड़ा है सच।

शाश्वत परिवर्तन

बदल रहा
हर क्षण हर कण है
शाश्वत तो बस
परिवर्तन है

पूरा दिन
पानी में डूबे रहकर भी

एक नदी की धार दुबारा
छूनी नामुमकिन
पल पल बीत बीत कर
ये ही समझाते
आते नहीं लौटकर फिर से
बीते वो पल छिन

टिकटिक करती
घड़ी लग रही
जैसे लहरों का नर्तन है

हम सब जैसे आये थे
इस दुनिया में
वैसे ही अब भी हैं क्या
देखो तो इक बार
रूह वही है माना
लेकिन तनमन का
रोमरोम अब बदल गया
और बदला संसार

जाने कैसे हौले हौले
बदला साँसों का बर्तन है

बड़बोलापन

बड़बोलापन सच्चाई से
छल करता है।

अहंकार को पोषित करते
महल खड़े देखे हैं

गुप्तदानियों के भी
उन पर
नाम गड़े देखे हैं

ईश्वर तक को ये ठग लेते
इनका अंतस
क्या भीतर कुढ़ता घुटता है
अधजल गगरी का जल ही
अधिक छलकता है।

सेवा कर तस्वीर खिंचाते
फिर इठलाते फिरते
आत्ममुग्धता के काले घन
मन के नभ में घिरते

कौआ कोयल बन बैठा अब
प्रतिछाया से बच बच कर
उड़ता फिरता है
बादल जो गरजा करता
नहीं बरसता है।

रुपया जहाँ सवाया चलता
वहीं निकाला जाता
पालनहारों को भी जस की
ख़ातिर पाला जाता

सूरज करता जीवन रोशन
पर क्या अपने
उजियारे का दम भरता है
ये जान चना थोथा ही
ज्यादा बजता है।

नीरज कुमार नीर

मोबाइल - 8797777598
ईमेल - neerajcex@gmail.com
पता - 'आशीर्वाद', बुद्ध विहार, पोस्ट - अशोक नगर
राँची – 834002

मिलन की बेला

चंचल नयना स्मित मुख ललाम कपोल कचनार सखी रे
कुंतल गुलमोहर की छाँव, मृदु अधर रतनार सखी रे ..

जब विहँसे अवदात कौमुदी
मुकुलित कुमुदों के आँगन में
तुम मुझसे मिलने आना प्रिय
उज्ज्वल तारों के प्रांगण में
मैं वहाँ मिलूँगा लेकर बाँहों के गलहार सखी रे

पीली साड़ी चूनर धानी
समीरण सुवासित सी आना
ऊसर उर के खालीपन को
प्रेम पीयूष से भर जाना
सुर लोक की अप्सरा सी मुस्काती गुलनार सखी रे

आँखों से ही बातें होंगी
शब्दों के सेतु भंग रहे
उन्माद भरे जीवन पल में
बस प्रेम रहे आनंद रहे
रूप खिलेगा आज करूँ.. अधरों से श्रृंगार सखी रे

पत्थर गाएँगे गीत मधुर
तरुवर संगीत सुनाएँगे
ठिठक रुक जाएगी सरिता
धरा और नभ मुस्कायेंगे
बदला बदला सा होगा इस जगती का व्यवहार सखी रे

हम गीत प्रेम के गाएँगे
श्याम भँवर के जग जाने तक
पूर्व देश में दूर क्षितिज पर
स्वर्ण कलश के उग आने तक
ईश्वर ने जो मुझे दिया तुम हो वह उपहार सखी रे

ले गए चैन करार

मन सरिता में उठी तरंगें
देखा बैठ किनारे
ले गए चैन करार प्रिय!
नीरज नैन तुम्हारे।

अहसासों के अंबर में
खग बनकर तुम उड़ती हो
प्रेम सरोवर के तल पर
मीन मचलती फिरती हो
तुम पूनम की चाँद सखी री
नभ में कई सितारे

तुम पाटल की पाँखुरी
इस जीवन में भरो सुवास
कभी तो मिलने आ जाओ
बँधी हुई है आस

मन का मेरा पपीहरा
पलपल तुम्हें पुकारे

स्वर्ण कलश की अमृत तुम
बूँद एक तो छलकाओ
अमर प्रेम हो जाएगा
अधरों से अगर पिलाओ
तृषा लिए पनघट पर है
प्यासा पथिक खड़ा रे

प्रेम एक सा रस रहा
चाहे आदि मध्य या अंत
सच्चा प्रेम गंगा का पानी
बहता रहे अनंत
प्रेमपथ का कुशल बटोही
लक्ष्य को कहाँ निहारे

लीक पकड़ मैं चला नहीं

लीक पकड़ मैं चला नहीं
मुझे पथ बनाना आता है
अँधियारों से डरा नहीं मुझे
दीप जलाना आता है ।।

हुआ जब दिग्भ्रांत
लगा ध्यान देखा
ध्रुव ही की ओर
रवि का क्या
वह तो सुख भर
साथ निभाता है ।।

अग्नि वीणा के तारों को
छू छूकर झंकार दिया
नफरत पथ के सभी पथिक का
निश्छल मन सत्कार किया
पत्थर पर थाप लगाकर
मृदंग बजाना आता है।

सौंदर्य नहीं कुसुमाकर का
शूल हूँ
सुमन का रखवाला
अपनी वज्र हथेलियों पर
नव कुसुम
खिलाना आता है।

भाव में हरिवास
कणकण घटघट
तत्व एहसास
पाषाणों मे प्राण भरूँ मैं
भगवान बनाना आता है।

नीरज द्विवेदी

मोबाइल - 8127029149
ईमेल - neerajdwiv@gmail.com
पता - 79 गाँधी नगर, तिर्वागंज, कन्नौज-209732

स्वप्न अपने ही जलाए हैं

चाँद के टुकड़े सलीके से सजाए हैं
आज फिर क्या स्वप्न अपने ही जलाए हैं

हाँ बिखरते रेशमी कालीन के कतरे
यत्न से चुनकर बटोरे साज स्वर मिसरे

और सिल पैबंद रिश्ते फिर बचाए हैं

हाँ, तुम्हीं हो रात भर जो ढूँढ़ते हो हल
हों समस्याएँ सुबह की आज हों या कल

प्रश्न जीवन के झुलस कर भी बुझाए हैं

हाँ, समझते पीर हो हर भाव के अक्षर
जानते हो अश्रु की पीड़ा सह सहकर

नींव ने ही आसरे अपने बचाए हैं

हाँ तुम्हीं हो छत तुम्हीं हो छाँव भी तुम हो
गाय के गोबर लिपी इक ठाँव भी तुम हो

भोर के, नैराश्य में भी सुर लगाए हैं

तृषा

ढूँढ़ता हूँ
यत्न से मैं तो वही सूरज यहाँ भी
जो दिशाओं को दिशा का नाम देता है

देखता हूँ
ओर चारों हैं तनी अट्टालिकाएँ
और मौसम की तरह हैं कैद कमरों में हवाएँ
गूँजता नेपश्य
यांत्रिक शोर से विचलित सदाएँ
साँझ कब है दोपहर कब भोर की कैसी फिजाएँ

ऊँघती नजरें
झपकतीं पलक के विश्राम को ही
तो जमाना ये निशा का नाम देता है

नद्ध क्या
कब्जा लिए हैं सागरों के घट वहाँ तक
युद्ध के बस इंतजारों में खड़े मरघट जहाँ तक
पहुँचता है
दृष्टि का सामर्थ्य नभ को छू रहे हैं
पत्थरों के पर गरुड़ सम दृश्य मोहक हो रहे हैं

हाँ नहीं हैं
वृक्ष पशु पक्षी अरे मानव इसी को
नम्रता से बस तृषा का नाम देता है

तुम दिखाओ जख़्म सारे

खून के क़तरों उठो अब
मत यहाँ मरते रहो
तुम दिखाओ
जख़्म सारे
अंकपत्रों की तरह

काँच के टुकड़े गिनो कितने धँसे हैं आज तक
हैं दफ़न कितनी बता दो देह में गिन गोलियाँ
कब हुए हैं पाँव चमड़ा चर्म पर घिसते हुए
कब लगा बारूद की आवाज में हैं बोलियाँ

छोड़ दो
बन्दूक अब बस
तुम सबूतों को गिनो
त्याग के
ऊपर सजाओ
त्याग, पत्रों की तरह

जिस जिगर के अंग हो तुम बिन उसी के जी रहे
और कितने मात ने पाषाण छाती रख लिए
साँझ बिटिया की हुई सूनी अरे कितनी दफ़ा
और कितने बुझ गए हैं इंतजारों के दिए

बस सुकूं की
नींद जो हर
रात सोते हैं उन्हें
है प्रमाणों
की ललक
अधिकार पत्रों की तरह

द्वंद्व

द्वंद्व मानस की धरा पर
हो छिड़ा तो मान लेना
सत्य की आहट नहीं है याचना, समझे?

देखना भी
दूर इतनी दूर जितना दृश्य ना हो
आत्म चिंतन चेतना की राह जिसको जानना हो

दृष्टि पावन
दूब सी हो होंठ मद्धिम हास्य थामे
सच्चरित्रों की कथाएँ बाँचना, समझे!

निर्णयों के तीर पर
जकड़ा हुआ जीवन सदय है
कल किया जो था चयन वो आज का ही तो समय है

आह कर स्वीकृत करो
या वाह कर उत्सव मनाओ
फिर सही या गलत को क्या जाँचना, समझे?

स्वप्न संशय ग्रस्त
तो विश्वास किस पर दृढ़ रहा है
कुछ नहीं है झूठ सच भी मात्र मन की कल्पना है

स्वत्व को आवाज देकर
पूछना उत्तर मिलेगा
मर्त्य संचय को यहीं है बाँटना, समझे?

डॉ. प्रदीप शुक्ल

मोबाइल - 9415029713, 05224004026
ईमेल - drpradeepshukla@gmail.com
पुस्तकें - तीन गीत संग्रह प्रकाशित
पता - गंगा चिल्ड्रेन हॉस्पिटल NH1, सेक्टर-D,
ADA कॉलोनी, कानपुर रोड,
लखनऊ 226012

ज्यों सोने की किरन धरी हो

दुख का कुहरा
ओझल हो
जब आशा की उजास बिखरी हो
आओ गीत लिखें कुछ जिनमें
जीवन की मुस्कान भरी हो

पौ फटने से
पहले उठकर
लम्बी सड़कें चलो नाप लें
सड़क किनारे टपरी वाली
चाय पिएँ, कुछ आग ताप लें
बेसुध सोये बच्चे देखें
भले पास केवल कथरी हो

नहीं पढ़ें अखबार
चलो कुछ
बूढ़े बाबा समय से बतियाएँ
वापस चलें समय में पीछे

उनका बचपन याद दिलाएँ
चलें पुराने गाँव
जहाँ पर
रक्खी यादों की बखरी हो

रामदीन रिक्शे पर बैठा
अभी एक कप चाय पिएगा
मफलर कस कर महानगर की
सड़कों पर फिर समर करेगा
उसके माथे पर
सूरज ने
ज्यों सोने की किरन धरी हो

ओ वासंती पवन!

आओ सारा गाँव
तुम्हारी राह तक रहा
ओ वासंती पवन तुम्हारा ध्यान किधर है!

धूप मुँडेर पर बैठी
कुछ सहमी सकुचाई
पंख फुलाकर गोरैय्या
आँगन में फिर आई!
पुरवाई में अभी
जरा सा है तीखापन
और सबेरे की आँखों में थोड़ा डर है।

वस्त्र उतारे पेड़ों ने
सब हुए दिगंबर से
ओस बुनी झीनी चादर

आई है अम्बर से
नये पात के गात
अभी बस झाँक रहे हैं
कानन का सब रंग अभी तक धूसर है।

पीलेपन के धब्बे से
कुछ हैं सिवान में
आग अभी बस सुलगी ही है
टेसूवन में
कामदेव के बाण
निकालो तूणीरों से
आ जाओ अल्हड़ बसंत, खाली घर है!

आओ तुमको गीत सुनाएँ

उठो अकविता के मरुथल से
तुमको शीतल छाँव दिखाएँ
आओ तुमको गीत सुनाएँ!

शब्दों की खुरदुरी सतह पर
चलते चलते थक जाओगे
मृगमरीचिका के पीछे तुम
कब तक मन को दौड़ाओगे
लय में बहते
निर्झर जल से
आओ मन की प्यास बुझाएँ

पछुआ की बेरहम हवाएँ
सुखा रहीं मन का गीलापन
पुरवा के आँचल में खोजें

आओ थोड़ा सा अपनापन
सुधियों के
मृगछौने लेकर
बैठ छाँव में हम दुलराएँ

इनको आदत है जीने की

बूँदें मत गिनो पसीने की
इनको आदत है जीने की

हर गली सड़क पर घूम रहे
शारदा, शिवा, जुम्मन काका
इन नामों का योगदान
इस महानगर ने कब आँका
हर महानगर की फितरत है
बस खूनपसीना पीने की

कुछ प्लास्टिक के थाली गिलास
है एल्यूमिनियम की बटली
हर सुबह दाल इच्छाओं की
इस बटली में खदकी उबलीं
दस छेदों वाली चादर भी
गर्मी देती पशमीने की

इस महानगर के हाथ पाँव
सोये रहते फुटपाथों पर
लेकिन नींदें खिलवाड़ करें
ए0सी0 में सोये माथों पर
टूटे सपनों को जोड़ जाड़
इनको आदत है सीने की

डॉ. ब्रह्मजीत गौतम

मोबाइल - 09760007838, 094251021540
ईमेल - bjgautam2007@gmail.com
पुस्तकें - विभिन्न विधाओं की 9 पुस्तकें प्रकाशित
पता - युक्का : 206, पैरामाउण्ट सिम्फनी, क्रॉसिंग रिपब्लिक, ग़ाज़ियाबाद (उ. प्र.) 201016

गीत उजालों के

फूल फूल पर
फन फैले हैं
काले व्यालों के
ऐसे में हम कैसे गायें
गीत उजालों के!

क़दम क़दम पर
आतंकी मौसम का डेरा है
काले मेघों ने
अवनी अम्बर को घेरा है
घूम रहे साये
सन्नाटों के
रखवालों के!

सूरज चाँद पड़े हैं
बेबस कारागारों में
दीपों की गिनती है
शलभों के हत्यारों में
रोशन हैं घर सिर्फ़

हुजूरों और
दलालों के।

वर्षों बीत गये
होरी का कर्ज़ न माफ़ हुआ
अलगू औ' जुम्मन के मन का
मैल न साफ़ हुआ
लोकतंत्र पर लटके हैं
बेताल सवालों के।

मौसम

काँप रही हर दिशा,
प्रकृति का तनमन मुरझाया
आतंकी मौसम ने
कैसा दुर्दिन दिखलाया।

भड़क उठे शोले नफ़रत के
ऐसी हवा चली
अलगू औ' जुम्मन दोनों की
जिसमें साख जली
पल ने फिर इक बार
सदी को दोषी ठहराया।

आया बाज़ समुद्रपार से
डैने बड़ेबड़े
नन्ही चिड़िया निपट अकेली
कब तक भला लड़े
छोड़ घोंसला फुर्र हो गई
बाज़ तिलमिलाया।

कहना माने नहीं पड़ोसी
ऐसा ढीठ हुआ
अच्छा लगता उसे खेलना
हर पल कपट जुआ
ठोकर खा खाकर भी उसको
होश नहीं आया।

होली और दिवाली छोड़ी
सावन छोड़ दिये
दौलत की ख़ातिर अपनों के
आँगन छोड़ दिये
सात समुंदर पार ले गई
मनुआ को माया।

नया दौर

कबिरा! तेरी अटपट बानी
कैसे समझें मूरख प्रानी!

कोई जोते, कोई बोये,
काटे कोई और
खाने वाले हैं महलों में
कैसा आया दौर
नये युग की
यह नई कहानी।

पर्वत से नदिया उतरी
खेतों की प्यास बुझाने
पर खेतों तक पहुँच न पायी
हर ले गए सयाने

'होरी' के घर पहुँच न पाया
रोटी का इक कौर
नहीं कुछ
मुखिया को हैरानी!

पश्चिम से इक आँधी आयी,
छानी छप्पर टूटे
थूनी, बल्ली, खम्बे उखड़े
बरतन भाँडे फूटे
चली दुल्हनिया दूल्हा लाने
सिर पर बाँधे मौर
प्रथाएँ टूटीं
सभी पुरानी।

भारतेन्दु मिश्र

मोबाइल - 9868031384
ईमेल - b.nishra59@gmail.com
पुस्तकें - विभिन्न विधाओं की 18 पुस्तकें प्रकाशित
पता - बी 235 / एफ़1, शालीमार गार्डन,
गाज़ियाबाद 201005

शिकायत ताल की

लौटकर आये नहीं पंछी
ताल की इतनी शिकायत है

आम, इमली या बबूलों में
शूल हो या नम्र फूलों में
मत करो चर्चित बया के गीत
वक़्त की सबको हिदायत है

आँक बिन बातें नहीं होतीं
अर्थ की आँखें नहीं होतीं
बेटियों के बाप से पूछो
किसलिए इतनी किफ़ायत है

सब उजाले उल्लुओं के पास
और जनता खेलती है ताश
कौन चिड़िया बंद पिंजरे में
फिर लिए जाता विलायत है!

पारो

लाठी ही उसका भगवान है
कौन इधर आता है
कौन उधर जाता है
अंधी आँखों का अनुमान है

पथरीले मोड़ों पर
घुटनों में जोड़ों पर
टीस सी उभरती है
पारबती मरती है
बाप था शराबी
आदमी कबाबी
पारो भी एक बेजुबान है

एक मलिन आँचल है
गिद्धों का बादल है
जूतों में कीलें हैं
रास्ते नुकीले हैं
बर्फ़ सी पिघलती
और सिर्फ़ चलती
होठों पर अड़ियल मुस्कान है

जो न गिड़गिड़ाती है
रोटियाँ कमाती है
मौत से न डरती है
रोज़ युद्ध करती है
सदी ठहर जाये
नदी ठहर जाये
पारा सा चलता इंसान है

गुजरिया हूँ

रह रह घबराता है अब मेरा जिया
चलो चलें गोदना गोदाएँ पिया।

हाथों में हाथ लिए
मेले में साथ चलें
मैं सबकुछ हार चुकी
तुम सबकुछ जीत चुके
तुम्हीं कहो जादू ये कौन सा किया?

दाहिनी कलाई पर
नाम मैं लिखाऊँगी
गाँव की गुजरिया हूँ
भूल नहीं पाऊँगी
लुका छिपी में अब तक बहुत कुछ हुआ!

हँसते हो, गाते हो
सपनों में आते हो
धान जब लगाते हो
तुम बहुत सुहाते हो
आँखों में चाहत का रंग भर दिया!

गाँठ कसी है

भूल न जाना गीत मिलन का
पोरपोर अनछुई छुअन का!

भाषा बदली जीवन बदला

बदल गये संदर्भ हमारे
बिजली कड़की, आँधी आयी
देखे हमने दिन में तारे
किंतु नहीं भूले हम दोनों
वह झूला पहले सावन का

घर बदला, तारीखें बदलीं
बदल गयी पहचान हमारी
माना मीठी नोकझोंक में
बीती आधी उम्र हमारी
पर वह मधुर बताशे जैसा
स्वाद न बदला अपनेपन का!

तेरी मेरी इन साँसों में
वह की गाँठ कसी है
देह चंपई ओठ गुलाबी
तेरी वह अनमोल हँसी है
साँसों में जीवंत अभी तक
सब अतीत बीते पलछिन का!

मनोज शुक्ल 'मनुज'

पुस्तक - मैंने जीवन पृष्ठ टटोले
पता - 7/442 जनकीपुरम विस्तार, लखनऊ

मन में उजाला हो गया

रूह ये शिवमय हुई तन भी शिवाला हो गया,
आप मुझको मिल गए मन में उजाला हो गया।

हैं भरे घट ज्यों सुधा के लग रहे ऐसे अधर,
नासिका सुन्दर सजीली और लगती है सुघर।
नयन हैं जैसे कलश मादक सुरा के हों भरे,
केश लहराते हैं जैसे झूमते हरि विषभरे।

कँपकपाती देह को भी इक दुशाला हो गया,
आप मुझको मिल गए मन में उजाला हो गया।

एक बिजली सी दमकती अंग हर प्रत्यंग में,
प्राणदायक दृष्टि रसना घोलती रस संग में।
खो गया तुममें स्वयं को खोज अब पाता नहीं,
उर्वशी या मेनका मुझको कोई भाता नहीं।

प्रेमरस बरसा लबालब उर का प्याला हो गया,
आप मुझको मिल गए मन में उजाला हो गया।

हो गया जीवन्त जीवन मुस्करा चिन्तन उठा,
खुल गए पट ज्ञान के हैं जाग अंतर्मन उठा।
योग की सारी कलायें भी स्वतः ही आ गयीं,

मुक्ति का सन्देश देती कामिनी मन भा गयी।

था अकिंचन आपसे मिल मैं भी आला हो गया,
आप मुझको मिल गए मन में उजाला हो गया।

कौन साधक प्रेम से होकर विरत साधक हुआ,
या कहो कब साधना में प्रेम है बाधक हुआ।
कृष्ण सा प्रेमी कहो तुम दूसरा फिर कौन है,
योग भी केशव के आगे सर झुकाता मौन है।

ध्यान धरते ही लगे जप एक माला हो गया,
आप मुझको मिल गए मन में उजाला हो गया।

भर दे उजाला ये दिवाली

दूर हो जाये पुरानी कालिमा जो क्रूर काली,
ज़िन्दगी में आपकी भर दे उजाला ये दिवाली।

फिर उगे दिनमान जीवन में लिए नूतन सवेरा,
आज सहमे दुष्टता का जो घिरा था वो अँधेरा।
जब जगो तब ही सबेरा मानकर जीना सदा तुम,
मत झुकाना शीश को अपने कभी भी अदबदा तुम।

हाथ फैलाकर न बनना अब किसी दर पर सवाली,
ज़िन्दगी में आपकी भर दे उजाला ये दिवाली।

दीपकों से अनगिनत सज मुस्कराये ज़िन्दगानी,
आप लिख दो हौसलों से जीत की अनुपम कहानी।
जब बढ़ोगे साथ देने को बढ़ेंगे लोग सारे,
जो मदद करते स्वयं की ईश भी बनते सहारे।

दो हरा अन्याय को जाये न कोई वार खाली,
ज़िन्दगी में आपकी भर दे उजाला ये दिवाली।

टिमटिमाते दीप की लौ आपको तकती रही है,
आस में मुस्कान की स्नेहिल निशा जगती रही है।
इन पटाखों की धमक से कीट कायर का मरण है,
अब खुशी की ज्योति जलनी दुःख का होना क्षरणहै।

वक्त स्वागत में खड़ा है दीप भर ले हाथ थाली,
ज़िन्दगी में आपकी भर दे उजाला ये दिवाली।

लोग जो गर्वित स्वयं पर हाथ वो जोड़े मिलेंगे,
आपके शुभचिंतकों के मुख कमलदल से खिलेंगे।
महक जायेगा सुगन्धित मलय से ये व्योम सारा,
चहक जायेगा मुदित हो झूमकर तनमन तुम्हारा।

देख दर्पण में लजाना नित्य अपनी आप लाली,
ज़िन्दगी में आपकी भर दे उजाला ये दिवाली।

चाँद फिर मेरी तरफ तकने लगा है

वक्त का दिनमान अब थकने लगा है,
चाँद फिर मेरी तरफ तकने लगा है।

मैं चला तब दोपहर का ही समय था,
झूठ फलता फूलता सा तब अनय था।
पाँव के छाले लगे सब फूटने थे,
नाते रिश्ते भी लगे सब रूठने थे।

रथ निराशा का थका रुकने लगा है,

चाँद फिर मेरी तरफ तकने लगा है।

तुम न मानो है शराफत कठघरे में,
ज्ञानियों के गुण दिखे कुछ सरफिरों में।
शेर की पैनी नज़र है तितलियों पर,
तिकड़मी संयास से यौवन गया डर।

रूप तपकर आग में पकने लगा है,
चाँद फिर मेरी तरफ तकने लगा है।

मछलियों की ताक में बगुले सजग हैं,
कान आहट सुन रहे हैं बन्द दृग हैं।
बुलबुलें ऐसी यहाँ अब कम नहीं हैं,
स्वर्ण का हो पींजरा तो गम नहीं है।

पागलों की भाँति कुछ बकने लगा है,
चाँद फिर मेरी तरफ तकने लगा है।

क्या हुआ है रूप के बादल ठगे हैं,
धूर्त हैं जो बन रहे सबसे सगे हैं।
ये दिखाते स्वप्न है दे स्वर्ग देंगे,
तोड़ तारे लायेंगे गुलमर्ग देंगे।

आसमां खुद आज फिर झुकने लगा है,
चाँद फिर मेरी तरफ तकने लगा है।

महेंद्र भटनागर

मोबाइल - 97 297 300 48
ईमेल - drmahendra02@gmail.com
पुस्तकें - विभिन्न विधाओं की 18 पुस्तकें प्रकाशित
पता - 110, बलवन्तनगर, गाँधी रोड
ग्वालियर -474002 (मप्र)

री हवा!

री हवा!
गीत गाती आ,
सनसनाती आ!
डालियाँ झकझोरती
रज को उड़ाती आ!

मोहक गंध से भर
प्राण पुरवैया
दूर उस पर्वतशिखा से
कूदती आ जा!

ओ हवा!
उन्मादिनी यौवन भरी
नूतन हरी इन पत्तियों को
चूमती आ जा!

गुनगुनाती आ,
मेघ के टुकड़े लुटाती आ!

मत्त बेसुध मन
मत्त बेसुध तन

खिलखिलाती, रसमयी
जीवनमयी
उरतार झंकृत
नृत्य करती आ!
री हवा!

स्थितियाँ और द्वन्द्व

निश्चिन्त भी, भयभीत भी!

यह ज़िन्दगी जब दाँव पर,
संघर्ष है प्रति पाँव पर,
नव भैरवी भी बज रही,
रुकना न सम्भव है कहीं,
है हार भी औ' जीत भी!

हम सुन रहे हैं राग सब,
अनुराग और विराग सब,
कोई बुलाता : लौट आ,
कोई सजाता कह : 'विदा'!
रोदन करुण भी, गीत भी!

शिव में अशिव आभास भी,
छलना जहाँ विश्वास भी,
अभिशाप भी वरदान है,
मिट्टी निरीह महान है,

अपवित्र और पुनीत भी!

ललकारता है कौन यह?
पुचकारता है कौन यह?
मानव : विरोधी द्वन्द्व में,
मानव : सदा आनन्द में,
यह शत्रु भी है मीत भी!

जीवन नहीं

जीवन नहीं, जीवन नहीं!

सौभाग्य ही केवल न मन की साध है,
रोना यहाँ दुर्भाग्य पर अपराध है,
यह भूलना —
क्षण आपदाओं के महान भविष्य के आभास;
यदि इतना नहीं विश्वास
तो ज़िन्दगी का वह कभी
दर्शन नहीं, दर्शन नहीं!

सपने नयन आकाश में छाते रहें,
अपने लिए ही गीत जो गाते रहें,
यह भूलना —
परमार्थ, सेवाभावना ही मानवी आधार!
यदि इतना नहीं स्वीकार
तो श्वास तेरी बद्ध, उर
धड़कन नहीं, धड़कन नहीं!

उद्यान में केवल न खिलते फूल हैं,
उड़ती हुई भी प्रति चरण पर धूल है,

यह भूलना —
अवरुद्ध बंधनग्रस्त जीवन से सदा विद्रोह,
यदि निज प्राण का है मोह
तो शक्ति का उन्माद क्या,
यौवन नहीं, यौवन नहीं!

बढ़ते चलो

राह पर बढ़ते चलो!

दूर मंज़िल है तुम्हारी,
पर, क़दम होंगे न भारी,
आज तक युगजवानी ने कभी हिम्मत न हारी!
आँधियों से जूझने वालो! निडर हँस हँस प्रखर बढ़ते चलो!

बल अमिट विश्वास का है,
बल अतुल इतिहास का है,
बल अथक भावी जगत में फिर नये मधुमास का है,
ओ युवक! निज रक्त से नवदृढ़ इमारत विश्व में गढ़ते चलो!

तम बिखरता जा रहा है,
नव सबेरा आ रहा है,
सृष्टि का कण-कण साजन का गीत अभिनव गा रहा है,
इसलिए तुम भी नये युग की प्रतिष्ठा के लिए लड़ते चलो!

मालिनी गौतम

मोबाइल - 09427078711
ईमेल - malini.gautam@yahoo.in
पुस्तकें - विभिन्न विधाओं की 4 पुस्तकें प्रकाशित
पता - 574, मंगल ज्योत सोसाइटी, संतरामपुर
389260 जिला महीसागर, गुजरात

ट्रैफिक जाम हुआ

खुशियों के रस्तों में अक्सर
ट्रैफिक जाम हुआ।

अवसादों की रेल खचाखच
गम से भरी रही
पीड़ा के सिग्नल देखे
आँसू की भीड़ सही

सरे राह दुख के नर्तन का
मंज़र आम हुआ।

ठूँठ हुए मन पर जब उगते
यादों के जंगल
लूला लँगड़ा मौसम भी तब
करे वार पलपल

चाहत का हर इक पन्ना
चिंता के नाम हुआ।

धर्मजात के तमगे पहने
खड़े रहे दरबान
साँसों के फंदों पर झूले
अपनों के अरमान

पंखहीन उम्मीदों पर
उड़ना ही काम हुआ।

हत्या का अभियोग

बरगद के सायों पर लगता
हत्या का अभियोग।

सुख के पौधे पनप न पाये
अँधियारों में
धूप रोकते दुख के जाले
गलियारों में

इच्छाओं की अमर बेल पर
सूखेपन का रोग।

मोरमुकुट चिंता के जब
खुशियों ने पहने
आहत मुस्कानों पर थे
चुप्पी के गहने

चाहत की उजड़ी मज़ार पर
लाचारी के भोग।

दहशत के बेताल टँगे

मन की डाली पर
आशंका की बेल चढ़ी
सच की जाली पर

अनुबन्धों के भी सूली पर
चढ़ने के संजोग।

कैसे जले अलाव

खुरच खुरच कर खोद रहा है
वक़्त हमारे घाव

यहाँ वहाँ बिखरी कीलों ने
पंक्चर किये तमाम
कैसे घूमे
पहिया कोई
लगे जाम पर जाम
सिग्नल सारे टूटे जब जब
उन पर बढ़ा दबाव

जंग लगे संदूकों में हैं
तही धरी सब यादें
मगर खोलने से
पहले ही लकवाग्रस्त मुरादें
संबंधों पर बर्फ़ जमी है
कैसे जले अलाव /

छप्परछानी की जो है सो
बारादरी निढाल
छींटा लगे

दूध पर जब जब
बैठा करे उबाल
सबके अपने ही घुमाव हैं
सबके हैं उलझाव

मखमल के कपड़े पर
थिगड़े जैसा
है यह जीवन
कभी यहाँ तो
कभी वहाँ से
खुलती जाती सीवन
धागे और सुई में भी अब
कायम हुआ दुराव।

योगेन्द्र दत्त शर्मा

संपर्क - 9311953572
ईमेल - yogendradattsharma3110@gmail.com
पुस्तकें - विभिन्न विधाओं की दस पुस्तकें प्रकाशित
पता - 'कविकुटीर', के.बी.47, कविनगर,
ग़ाज़ियाबाद (उप्र) : 201002

कौन दे आकर गवाही

इस सभा में क्या कहें
सच बोलने की है मनाही
सिर झुकाये धूप को
आदेश देती है सियाही।

हैं सभी प्रत्यक्षदर्शी
पर न कोई बोलता है
बंद होठों में घुटे से
शब्द केवल तोलता है

साक्ष्य सब पर हैं, मगर
अब कौन आकर दे गवाही!

न्याय खुद ही कटघरे में
फैसला मुज़रिम सुनाते
हिंस्र पागल भेड़िये
संवेदना मृग की भुनाते

हम भला कैसे करें अब

सिद्ध अपनी बेगुनाही?

सत्य, निष्ठा, प्यार के
औजार लगते भोथरे हैं
शस्त्र से भी अधिक घातक
राजनय के पैंतरे हैं

हर जगह तैनात हैं
मुस्तैद राजा के सिपाही।

घात में बैठे हुए चुपचाप
नरभक्षी इरादे
ओढ़कर मासूम से
खरगोश के नाज़ुक लबादे

थपथपाते पीठ, करते
पसलियों तक की उगाही!

आँख में दुःस्वप्न

गये हैं लम्बी उड़ानों पर नए पंछी
घोंसलों में क्या सुरक्षित लौट आएँगे?

दूर तक फैला हुआ आकाश पथरीला
जल रहा है अनवरत बेचैन धू धू कर
बादलों की छाँह वाले दिन हुए ओझल
अग्निपथ नीचे अगिनवर्षा सतत ऊपर
हर तरफ दाहक हवाओं का बवंडर है
पंख हैं कोमल अभी, क्या झुलस जाएँगे?

अभी खोली आँख, सपने अभी ताज़ा हैं
ज़िन्दग़ी की हर प्रतीक्षा किंतु दुस्तर है
सामने है सिर्फ़ सघर्षों भरी यात्रा
राह में भी चील गिद्धों बाज़ का डर है
घेरती चिड़िया चिरौटे को यही चिंता
आँख में दुःस्वप्न कब तक डबडबाएँगे?

है भयावह क्रूर दुनिया वहाँ बाहर की
यहाँ भीतर आ रही ख़बरें भयानक हैं
दृश्य आकर्षक सँजोये खड़ी दुर्घटना
हर कथा में हादसों वाले कथानक हैं
पूछती चिड़िया चिरौटे से कि कब तक हम
थके पंखों को समेटे छटपटाएँगे?

बीत गया दिन

उन्हीं उन्हीं नामों को रटते
रिश्तों की टूटी रस्सी को
फिर उधेड़ते बुनते बँटते
बीत गया दिन!

जन्मदिवस वाली बधाइयाँ स्वीकारीं सब
मन में लेकिन प्रसन्नता की गंध बही कब?
इच्छाओं के बिरवे का कद
धीरे धीरे घटते घटते
बीत गया दिन!

कहाँ मिल सका कोई आशीर्वाद पिता का
माँ का स्नेहाशीष अमल ममता कविता सा
भूले इतिहासों में शामिल

गाथाओं के पृष्ठ पलटते
बीत गया दिन।

खुद अपने ही बोल लग रहे हैं पहेलियाँ
कहाँ खो गयीं माथा सहलाती हथेलियाँ
नातों की कमज़ोर जड़ों से
अनचाहे ही कटते कटते
बीत गया दिन!

गुरुजन का संदेश, सुभाषित याद नहीं है
परछाईं तक से कोई संवाद नहीं है
भीतर से गुमसुम सुगना को
बहलाते, चुपचाप सिमटते
बीत गया दिन!

योगेन्द्र प्रताप मौर्य

मोबाइल - 9454931667,8400332294
ईमेल - yogendramaurya198384@gmail.com
पुस्तक - सूरज चाचा हाय हाय(इक्यावन बाल कविताएँ)
पता - ग्राम व पोस्ट - बरसठी, जौनपुर 222162

विजयादशमी

मुँह बाये फिर
खड़ा दशानन
जागो मेरे मीत

सिर पर चढ़कर
बोल रहा है
रोज रोज ही दंगा
रोजी रोटी के
चक्कर में
भटक रही है गंगा

भ्रष्टाचार पहुँच
घर आँगन
छीन रहा है प्रीत

बढ़ा प्रदूषण
और अशिक्षा
उपजा हुआ कुपोषण
महँगाई से
उदर है खाली

भरण हुआ ना पोषण

अच्छे दिन का
लेखा-जोखा
रखता मुखर अतीत

फिर आयी है विजयादशमी
मन में लिये उल्लास
पुनः मिटेगा
जलकर रावण
झूठ न होगा खास

एक बार फिर
सच्चाई की
होगी तत्पर जीत

दुख का बीत अतीत गया

केवल चूल्हा चक्की में ही
माँ का जीवन
बीत गया।

ना देखी बाहर की दुनिया
इतना घर में काम रहा
सुबह रसोई,
बाद खेत में
चाहे जितना घाम रहा

धीरे धीरे
चुपके चुपके

कब होंठों से गीत गया!

चिथड़ी लुगरी की जैसी वह
अपने दुख को सीती है
जठर आग बुझ जाय
इसी से
घूँट अश्रु के पीती है

सुख ने खाई
मार पटखनी
आखिर दुख ही जीत गया

देख गरीबी अपने घर की
बप्पा किसे बताये
लेकर कठिन फैसला मन में
शहर कमाने आये

माँ सुधि खोयी
बैठी रहती
जबसे उनका मीत गया

किन्तु शहर ने किए छलावे
उससे अच्छा गाँव रहा
तंगी में जब करें गुजारा
माँ का शीतल छाँव रहा

संगसाथ में
माँ बप्पा के
दुख का बीत अतीत गया

गुमनाम हुआ

एक जगह पर
पड़े पड़े पथ का अंजाम हुआ
राही को
पहुँचाकर मंजिल
खुद गुमनाम हुआ

सुबह सुबह अखबार बाँचता
पीड़ा भरी कहानी
सदा जिंदगी
रही उपेक्षित
बीती कई जवानी

एक सफ़र की
आस लगाए
दिन का घाम हुआ

अय्याशी पहचान न पाती
अपने और पराये
बीयर ह्विस्की
जाम लड़ाएँ
कौन किसे शरमाये

दफ्तर दफ्तर
दौड़ा मनुआ
पर नाकाम हुआ

योगेन्द्र वर्मा व्योम

मोबाइल - 9412805981
ईमेल - vyom70@gmail.com
पुस्तकें - विभिन्न विधाओं की तीन पुस्तकें प्रकाशित
पता - ए.एल. 49, दीनदयाल नगर प्रथम, काँठ रोड
मुरादाबाद244001 (उप्र)

रिश्ते बने रहें

चलो करें
कुछ कोशिश ऐसी
रिश्ते बने रहें

रिश्ते जिनसे सीखी हमने
बोली बचपन की
संबंधों की परिभाषाएँ
भाषा जीवन की
कुछ भी हो ये अपनेपन के
रस में सने रहें

बंद खिड़कियाँ दरवाजे सब
कमरों के खोले
हो न सके जो अपने
आओ हम उनके होलें
ध्यान रहे
ये पुल कोशिश के
ना अधबने रहें

यही सत्य है ये जीवन की
असली पूँजी हैं
रिश्तों की खुश्बुएँ गीत बन
हर पल गूँजी हैं
अपने अपनों से पल भर भी
ना अनमने रहें

तुमको पत्र लिखूँ

कई दिनों से
सोच रहा हूँ
तुमको पत्र लिखूँ!

लिखूँ कुशलता घर की
आँगन की दीवार लिखूँ
खुशफ़हमी की फसलें, मन के
खरपतवार लिखूँ
रिश्तों के पैबंद लगे
जर्जर से वस्त्र लिखूँ!

कभी सोचता हूँ कटु अनुभव
बाँटूँ जीवन के
या फिर लिखूँ याद आते दिन
गुज़रे बचपन के
आने वाले
उजले पल को
भी सर्वत्र लिखूँ!

मोबाइल - से बातें तो
काफी हो जाती हैं

लेकिन शब्दों की खुश्बुएँ
कहाँ मिल पाती हैं
थके थके से खट्टे मीठे
बीते सत्र लिखूँ?

ढूँढ रहे हम पीतल नगरी

ढूँढ़ रहे हम पीतल नगरी
महानगर के बीच

यहाँ तरक्की की परिभाषा
यातायात सघन
और अतिक्रमण अख़बारों में
जैसे विज्ञापन
नहीं सुरक्षित कोई भी अब
यहाँ सफ़र के बीच

हर दिन दूना रात चौगुना
शहर हुआ बढ़कर
और प्रदूषण बनकर फैला
कॉलोनी का कल्चर
कहीं खो गया लगता अपना
घर नम्बर के बीच

ख्याति यहाँ की दूर दूर तक
बेशक फैली है
किन्तु रामगंगा भी अपनी
बेहद मैली है
कोशिश भी कुछ नहीं दीखती
किसी ख़बर के बीच

गौरैया अब नहीं दीखती

गौरैया अब नहीं दीखती
छतों मुँडेरों पर

बोती थी अपनापन घर के
रिश्तों नातों में
खो जाते थे सब ही
उसकी मीठी बातों में
कहीं खो गए
वो खुशियों की खुश्बू वाले स्वर।

उत्सव जैसा उसका आना
घर आँगन में
चींचींचीं कर मंगल गाना
सूने जीवन में
रूठ गयी तो राह देखता
है अब पूरा घर!

लिखते रहे स्वार्थसिद्धि की
केवल कविताएँ
और बाँचते रहे सुखों की
नवपरिभाषाएँ
किन्तु न उसकी पीड़ाओं के
पढ़ पाए अक्षर

डॉ. रंजना गुप्ता

मोबाइल - 9936382664
ईमेल - Ranjanaguptadr@gmail.com
पुस्तकें - विभिन्न विधाओं की चार पुस्तकें प्रकाशित
पता - 'विहान', C/172, निराला नगर
लखनऊ - 226020

रतजगे....

गुनगुनी रातें हुयी
दिन अनमने से हो गए...
प्रेम की पाती सहेजे
डाकिये भी सो गए....

कुछ अलसती सी हवाएँ
चन्दनी कुछ खुशबुएँ ...
गीत के कुछ बोल लिखते
जुगनुओं के हौसले ...
रतजगों में चाँदतारे
साथ मेरे हो गए.....

एक तीखी सी चुभन थी
साथ जो चलती रही...
एक कतरा प्यास का
ढोती नदी बहती रही...
जो शिखर पर थे कभी
अब हाशिये पर हो गए...

तल्खियों की किरचियाँ
संवेदना की बाँह पर...
अब गरजते मेघ भी हैं
रेत के विश्वास पर...
रौशनी के बीज बंजर
खिड़कियों में बो गए...

असहज!

कुछ दिन खाली खाली सा था
कुछ शून्य झुका मन के अन्दर
मैंने दी हर सुख दुःख की बलि
रिश्तों की खिंची प्रत्यंचा पर

छोटे छोटे छल के टुकड़े
बाँधे आँचल में मरघट तक
कुछ असहज प्रश्नों के उत्तर
हम ढूँढ न पाये क्यों अब तक?
ये यात्रा लम्बी है शायद
या पाँव बहुत बौने प्रियवर

जब काँप रहे थे गीत और
आँखें आँसू के मेले में
माटी सिसकी थी चन्दन की
लपटों के पागल रेले में
इस ओर अँधेरे सन्नाटे
उस ओर उजाला मुट्ठीभर

कुछ मुरझाये से फूल गिरे
कसमों वचनों की पोथी से

इस हाथ कलश रीता रीता
वे हाथ भरे सौगातों से
वह आँच चिता जलने की थी
या आग लगी मेरे भीतर

बसंती राग...

फूलती सरसों
कुहुकती कोकिलें ...
आम बौराये
महकती कोंपलें...

ऋतु बसंती की बजी है पैंजनी..
पाँव में लिपटी मधुर सी चाशनी...
ज्वार बनते जा रहे हैं
हौसले ...

धूप के परचम सुनहरे हो गए...
पल उनींदे रस भरे दिन हो गए..
गीतगन्धा लेखनी के
फैसले..

सुस्त तन की मस्त मन की आहटें..
आ गया फागुन बताशे बाँटने..
ढ़ोल ताशे मिल रहे
जैसे गले ....

रंग उत्सव रागधर्मी चेतना...
बाँसुरी पिचकारियों की अर्चना...
फिर हठी मधुमास के

शिकवे गिले...

हाट... बाजार...

हाट और बाजार की ये
सँकरी सी वीथियाँ
जल रही इंसानियत की खेतियाँ

झूठ और पाखण्ड की संजीदगी...
मजहबी उन्माद की कुछ बानगी...
रक्त लथपथ
गीत की ये पंक्तियाँ

स्वाद तीखा सा कसैला
सत्य का..
कत्ल युग के एक पूरे कथ्य का...
मोल कौड़ी
बिक रही हैं हस्तियाँ

धर्म, ईश्वर चुन दिए दीवार में...
औलिया, जीसस खड़े है बाजार में..
आस्था की उड़ रही है
धज्जियाँ

प्रश्न भाषा जाति का
रंग का नहीं...
दब चुके हैं बर्फ में रिश्ते कहीं
उठ रहीं संवेदना की
अर्थियाँ...

रवि खण्डेलवाल

मोबाइल - 7697900225
ईमेल - ravikhandelwal14sep@gmail.com
पता - 207, व्यंकटेश नगर, ऐरोड्रॉम रोड
इन्दौर (म.प्र.) 452005
पुस्तकें - विभिन्न विधाओं की 9 पुस्तकें प्रकाशित

तैर रहा सन्नाटा

नदिया के होठों पर
तैर रहा सन्नाटा

घाटों पर आ बैठी
गुमसुम तनहाई
लुकछुप कर देख रही
बीजुर परछाई

आदमकद मेघों में
चाँद लगे नाटा

पेड़ों पर बैठा है
कोहरे का प्रेत
बाँहों में लिपटा कर
धुंध, धुँआ, रेत

आहट पर पत्तों को
मौसम ने डाँटा

दिन चिकट गया

धीरे धीरे
दिन चिकट गया बालों सा

सूर्यमुखी चेहरे पर दिन के
स्याही आ छितरी
सारी धरी रह गई उसकी
आजादी तफरी

ऊब उदासी को समेटकर
कालापन भर गया शहर में
कोयले की टालों सा

चीखों की बिरादरी
घर के अन्दर जा दुबकी
चुप्पी से फिर बात करे
कैसे कोई मन की

सख्त हुए जाते पहरे में
सन्नाटा बुन रहा अँधेरा
मकड़ी के जालों सा

घर के अंदर बाहर की

लम्पट हुईं हवाएँ
घर के अंदर बाहर की
कमोबेश है यही कहानी
भइया हर घर की

मनमानी से बाज न आतीं
मन की इच्छाएँ
निपट अकेली होती जातीं
तन की विपदाएँ

कुटिल भाव रहते तलाश में
हर पल अवसर की

गलबहियाँ डाले घूमे हैं
मर्यादाएँ अब
सर के बल करके दिखलातीं
नये नये करतब

झूमाझटकी आम हुई है
आखरआखर की

घर के मुखिया

छुटके भइया
बने हुए हैं
अब घर के मुखिया

बड़के भइया धनी रहे हैं
कभी न किस्मत के
हिस्से कभी ना बन पाए हैं
रब की रहमत के

दुख के संगीसाथी बनकर
कहलाये दुखिया

जब से बीमारी के लक्षण
बढ़े फिजाओं में
पानी बनकर पैसा तब से
बहे दवाओं में

छुटकी बहना खर्च करे
बिन बोले दो बतिया

छुटके भइया आते-जाते
बातों की खाते
खुद के गाल बजाते हैं औ'
खुद ही मदमाते

भौजी बोले आतेजाते
आती हूँ भइया

कोई आता हाल पूछने
काम उबल आता
आता कोई अगर नहीं फिर
घर भर हिल जाता

अम्मा जब तब लगी उधेड़े
रिश्तों की बखिया

डॉ. राधेश्याम बन्धु

पुस्तकें - विभिन्न विधाओं की 14 पुस्तकें प्रकाशित
पता - बी3/153, यमुना विहार, दिल्ली110053
मोबाइल - 9868444666

शब्द बोलेंगे

जो अभी तक
मौन थे, वे शब्द बोलेंगे,

हर महाजन की बही का
भेद खोलेंगे।

पीढ़ियाँ गिरवीं फसल के
बीज की खातिर,
लिख रहा है भाग्य मुखिया
गाँव का शातिर!

अब न पटवारी
घरों में युद्ध बोयेंगे।

आ गयी खलिहान तक
चर्चा दलालों की,
बिछ गयी चौपाल में
शतरंज चालों की।

अब शहर के
साँड, फसलों को न रौंदेंगे।

कौन होली, ईद की
खुशियाँ लड़ाता है?
औ हवेली के लिए
झुग्गी जलाता है।

सभी नकली
वोट की दूकान तोड़ेंगे,

शब्दों का कद

शब्दों का कद
नाप रहे जो, वक्ता ही बौने होते हैं
चला रहे शब्दों के पत्थर
शीशमहल में जो सोते हैं।

शब्दों का सच जिसने समझा
वह मीरा, कबीर, बन जाता,
बुद्ध, अंगुलीमाल कौन है,
शब्दों का इतिहास बताता।

ज्यों-ज्यों मन के
पन्ने खुलते, मिलनों के बादल रोते हैं।

किरनों की तूलिका धरा के
कैनवास पर बसन्त है रचती,
अहसासों की पंखुड़ियों पर
विश्वासों की कविता लिखती।

फिर भी 'डिस्को'
की बाँहों में, कत्थक की दौलत खोते हैं।

जब भी दर्द हुआ एकाकी
मौन स्वयं गाने लगता है,
चट्टानों से झरने झरते
मौसम मेघदूत रचता है।

फिर भी रिश्तों
के काँधे क्यों, संशय का बोझा ढोते हैं?

शब्दों का कद
नाप रहे जो वक्ता ही बौने होते हैं।

भागो मत

जीवन केवल गीत नहीं है,
गीता की है प्रत्याशा

पगपग जहाँ
महाभारत है, लिखो पसीने की भाषा।

हर आँसू को जंग न्याय की
खुद ही लड़नी पड़ती,
हर झुग्गी की 'कुन्ती' भी अब
स्वयं भाग्य है लिखती।

लड़ता है संकल्प
युद्ध में, गांडीव की झूठी आशा।

भागो मत दुनिया को बदलो
सूरज यही सिखाता,
हर बेटा है भगतसिंह जब

खुद मशाल बन जाता।

सदा सत्य का
पार्थ जीतता, यही युद्ध की परिभाषा।

अखबारों में रोज क्रान्ति की
खबर खोजने वालों,
पर पड़ोस की चीखें सुनकर
छिपकर सोने वालो।

हर मानव खुद
इन्कलाब है, हर झुग्गी की अभिलाषा,

पग-पग जहाँ
महाभारत है, लिखो पसीने की भाषा।

डॉ. रामरक्षा मिश्र विमल

मोबाइल - 9831649817
ईमेल - rmishravimal@gmail.com
पुस्तकें - कौन सा उपहार दूँ प्रिय (हिंदी काव्य संग्रह)
फगुआ के पहरा (भोजपुरी काव्य संग्रह)
पता - सबल पट्टी, बड़कागाँव, पोस्ट नगपुरा, भाया दुल्लहपुर, जिला बक्सर (बिहार) 802118

अपनी सीमाओं से

नहीं उबरते लोग आज भी
अपनी सीमाओं से।

टूट रहे हैं महल
नहीं हैं रहनेवाले लोग
खिलने लगा योग का पंकज
लगे सिकुड़ने भोग
किसको फर्क लगा पड़ने
अब किनकी पीड़ाओं से?

यौवन का उद्दाम वेग गायब
नदियाँ सूखी हैं
हुईं उड़ानें शिथिल चतुर्दिक
चिड़ियाँ तो भूखी हैं
फटा जा रहा सर बच्चों का
चिंता व तनावों से।

चंद्र को देखा बदलते।

चंद्र को देखा बदलते।

विलपते कर जोड़ तारे
जबकि अगणित हैं सितारे
उन सबों के बीच में
देखा अमियझर को उबलते।

रह गए पी घूँट शोणित
सोचते प्रतिकार थे नित
एकता के सूत्र में बँध
गए तारे सब विलगते।

बन गए तारे निराले
देख शशि पड़ गए काले
आज तक हैं शोक धब्बे
जो कभी ना हैं चमकते।

निर्बलों में एकता हो
और उर में धीरता हो
तब विमल जन देख लेंगे
सबल दिल को हाय करते।

वक्त जो गुजरे

वक्त जो गुजरे
बहुत गुजरे
न भरपायी कभी होगी।
अब तो जाहिर है

नए ख्वाबों की
रचना में कमी होगी।

चाँद अब धुँधला नजर आता
कभी दो तीन दिखता
टिमटिमाते अब नहीं तारे
नयन में कुछ न टिकता
धूल लिपटी धुली धोती
देख लगता
चली पुरवाई कभी होगी।

लालसा के कुंद सपने
जीभ दिल से रूठती है
खुशी के दिन हुए पूरे
सिर्फ करुणा फूटती है
अब उमंगों में
कहाँ से जान
कब कैसी नयी होगी?

अपनी सीमाओं से

नहीं उबरते लोग आज भी
अपनी सीमाओं से।

टूट रहे हैं महल
नहीं हैं रहनेवाले लोग
खिलने लगा योग का पंकज
लगे सिकुड़ने भोग
किसको फर्क लगा पड़ने
अब किनकी पीड़ाओं से?

यौवन का उद्दाम वेग गायब
नदियाँ सूखी हैं
हुई उड़ानें शिथिल चतुर्दिक
चिड़ियाँ तो भूखी हैं
फटा जा रहा सर बच्चों का
चिंता व तनावों से।

चंद्र को देखा बदलते।

चंद्र को देखा बदलते।

विलपते कर जोड़ तारे
जबकि अगणित हैं सितारे
उन सबों के बीच में
देखा अमियझर को उबलते।

रह गए पी घूँट शोणित
सोचते प्रतिकार थे नित
एकता के सूत्र में बँध
गए तारे सब विलगते।

बन गए तारे निराले
देख शशि पड़ गए काले
आज तक हैं शोक धब्बे
जो कभी ना हैं चमकते।

निर्बलों में एकता हो
और उर में धीरता हो
तब विमल जन देख लेंगे
सबल दिल को हाय करते।

रीता शेखर 'मधु'

मोबाइल - 9334416488
इमेल - hrita.sm@gmail.com
पता - चित्रगुप्त नगर, पटना-800020

जलता दीपक द्वारे द्वारे

राम सिया औ' लखन पधारे
जलता दीपक द्वारे द्वारे

अवधपुरी में मनी दिवाली
उजली हुई जो निशा थी काली
रघुवर जी को राह दिखाने
झूम रही थी लौ मतवाली
बने घरौंदे प्यारे प्यारे
सजे खिलौने न्यारे न्यारे

नीली हरी लाल रंगोली
घर की चौखट भी खुश हो ली
कुलिया चुकिया लावा फरही
ले हाथों में मुनिया डोली
अम्बर जैसे चाँद सितारे
आज धरा पर निखरे सारे

मन के भीतर हो उजियारा
जीवनपथ पर तम भी हारा
ज्ञानध्यान की लगन लगी है
कहाँ टिकेगा फिर अँधियारा

लछमी पूजन साँझ सकारे
संध्या दीपक सुबह सँवारे

गुनगुनी धूप

गुनगुनी सी धूप आई
शरद बैठा खाट लेकर
मूँगफलियों को चटकता
मिर्च नींबू चाट लेकर

फुनगियों से हैं उतरती
हौले झूमती रश्मियाँ
फुदक रहीं डाल-डाल पर
चपल चंचला गिलहरियाँ

चौपालों पर सजी बजीं
तरकारियाँ, हाट लेकर
गुनगुनाती हैं गोरियाँ
गेहुँएँ औ' पाट लेकर

छिल गईं फलियाँ मटर की
चढ़ी चुल्हे पर घुघरियाँ
क्यों होरियों से चल रहीं
ये पूस की बलजोरियाँ

बँधने लगीं लटाइयाँ
मँझे धागे काट लेकर
समेट रहीं परछाइयाँ
आगमन की बाट लेकर

बँसवारी में

बाँसों के झुरमुट ने
सीटियाँ बजाईं
बँसवारी से देख
निकली पुरवाई

बाँस की फुनगी पर
हनुमान लहरा गए
टोकरी मौनी में
शुभ्र अक्षत छा गए

केले के घौद ने
बहँगी लचकाई

एक दूजे में गुँथे
लगते ये झाड़ियाँ
खेतों को घेरकर
कहलाते बाड़ियाँ

पौधों ने घास की
नम्रता दिखलाई

कभी कागद बने
कभी बने लेखनी
कुर्सी में ढलकर
बेंत बनी टेकनी

खाट पर लेटकर
दादी मुस्काई

ध्यानमग्न अवधूत

वह ध्यानमग्न अवधूत बना
हौले हौले से डोले रे।
प्रचंड धूप में खड़ा शिरीष
मनोभाव ना खोले रे

आई देखो रुत बासंती
शिरीष ले रहा अँगड़ाई
पावस की रिमझिम बूँदों में
सावन से करता कुड़माई

मनभावन खुशबू से लिपटे
श्वेत गुलाबी चोले रे

क्षीण तंतु हैं बिखरे बिखरे
कैसे सहें अलिपद का भार
जीवटता की प्रतिमूरत वो
आँधियों संग करे तकरार

मृदु कठोर का अद्भुत संगम
मौनी बनकर बोले रे

चित्रकला में शाकुन्तल को
नृप ने जब साकार किया
रह जाता कुछ छूटा छूटा
चिंतन जिसपर सौ बार किया

बन कर्णफूल उकरे शिरीष
लगते कुण्डल भोले रे

शांति सुमन

मोबाइल - 9430917356
फोन - 0621-2270895
पता - 36, आफ़ीसर्स फ़्लैट, जुबली रोड,
नार्दन टाउन, जमशेदपुर-1 (झारखण्ड)

तुम आये

तुम आये जैसे पेड़ों में
पत्ते आये

धूप खिली, मनलता खिल गयी
पर्त दर पर्त छिल गयी
हाथ बढ़ाया जिधर टूटकर
छत्ते आये

रही सही पहचान खो गयी
यही कहीं दोपहर हो गयी
यादों के खजूर
रस्ते चौरस्ते आये

थोड़ी ठण्डक ज्यादा सीसी
मीठी मीठी बात सुई सी
मौन मधुर विश्वासों के
गुलदस्ते आये

बादल लौट आ

दुख रही है अब नदी की देह
बादल लौट आ

छू लिये हैं पाँव संझा के
सीपियों ने खोल अपने पंख
होंठ तक पहुँचे हुए अनुबन्ध के
सौंप डले कई उजले शंख
हो गया है इंतज़ार विदेह
बादल लौट आ

बह चली हैं बैजनी नदियाँ
खोलकर कत्थई हवा के पाल
लिखे गेरू से नयन के गीत
छपे कोंपल पर सुरभ के हाल
खेत के पतले हुए हैं रेह
बादल लौट आ

फूलते पीले पलाशों में
काँपते हैं खुश्बुओं के चाव
रुकी धारों में कई दिन से
हौसले से कागजों की नाव
उग रहा है मौसमी संदेह
बादल लौट आ

फूलवाली आँख

तुम मिले तो बोझ है कम
बहुत हल्की पीठ की गठरी

उस नदी में पाँव धोते
हिरनियों सी कुलाँचें भरती
गाँठें गिनती ईखों की
हवा को धूप सी करती

अँधेरे के हाथ हैं नम
फूलवाली आँख जो ठहरी

फूटते धानों सरीखे
हम बढ़े, बढ़ते गये
फुनगियों से फसल की
सपने बहुत कढ़ते गये

दिनों की बारिश गयीं थम
तुम हँसी से हो गयी दुहरी

हाथ के घट्ठे कभी जो
चैन पाकर लगे दुखने
प्यार वे पाकर तुम्हारे
करीने से लगे कमने
खेत में उतरा हुआ मौसम
हँसी की हंसिनी उतरी

गाँव नहीं छोड़ा

दरवाजे का आम आँवला
घर का तुलसीचौरा
इसीलिए अम्मा ने अपना
गाँव नहीं छोड़ा

पैबन्दों को सिलते
मन से उदास होती
भैया के आने की खुश्बू
भर से खुश होती
भाभी ने कितना समझाया
मान नहीं तोड़ा

कभी कभी बजते घर में
घुँघरू से पोती पोते
छोटे छोटे बँटे बताशे
हाथों के सुख होते
घर की खातिर लुटा दिया सब
रखा न कुछ थोड़ा

गहना बनने वाले दिन में
खेत खरीद लिये
बाबूजी के कहे हुए सब
सपने संग लिये
सह न सकी जब खूँटे पर से
गया बैल का जोड़ा
इसीलिए अम्मा ने अपना
गाँव नहीं छोड़ा

शिवानन्द सिंह 'सहयोगी'

मोबाइल - 09412212255
ईमेल - shivanandsahayogi@gmail.com
पुस्तकें - विभिन्न विधाओं की 16 पुस्तकें प्रकाशित
पता - 'शिवाभा' ए233, गंगानगर, मेरठ 250001

पागल हुई टिटिहरी राम!

सूखी नदी
पराये पंखी
पागल हुई टिटिहरी राम!

जलकुम्भी की
मधुमक्खी के
लटक गये छत्तों के झोल
कगर किनारे
हैं चपेट में
उतर गये पत्तों के खोल
पियरी पियरी
देह हुई है
पिचका आम दशहरी राम!

पगडंडी के पदचिन्हों के
उभर चुके हैं पगपग घाव
पेट पकड़कर
लेट गई है
रोज तैरती टुटही नाव
पीपल नीचे

नहीं छाँह की
बैठी मिली गिलहरी राम!

है बजार अब पाट दौड़ते
ठीकों के कुछ हौआ रोज
भीगी रेती की छाती पर
करे उगाही कौ आभोज
जल की अंतिम
साँस बजाती
जीवन मौत पिपिहरी राम!

जो लिखा था पत्र उसने

जो लिखा था पत्र उसने
आज से दो साल पहले
कल मिला है
मृगमरीचिका के शहर में
मरु पियासा जो पड़ा था
जल मिला है!

आँख थी डल झील
पानी जम रहा था
देह गलती
आधुनिक अनुषंग
कुछ कुछ थम रहा था

रेह जलती
शब्द जो राजी खुशी के
चित्र में उभरे हुए हैं
बल मिला है

है बहुत आकाश
नत, अब चल रही हैं
नम हवाएँ
सो रही है धूप
छत पर, पर्वतों के, तम दिशाएँ
है पता कुछ भी नहीं, किस
अर्चना का, कौन सा, यह
फल मिला है।

एक ही जो भाव
मन को चुभ रहा था
थम गया है
मंजिलों के पास
चलकर, साधना का दम गया है
दर्द की अपनी वसीयत
आँसुओं को लिख रहा हूँ
हल मिला है।

कुछ धुआँ सा

तन क्षितिज से अभी निकले
कुछ सुखों के घन
तू हवा की साँस को अब
ढूँढ़ मत रे! मन

जो सुगंधों की गली के
गाँव से गुजरे
बाँसुरी की तान सुनकर
पाँव के मुजरे
बेच डाले आँसुओं की

आँख के वेतन

हो गयी है निघर घट सी
सावनी कजरी
जिन्दगी की है सड़क अब
कंकरी बजरी
शून्य में ही है विचरता
पाहुना चेतन

जल विहीना हो गई हैं
साँझ की नदियाँ
लग रहा है सो गई हैं
बाँझ बन सदियाँ
क्यों न उतरा दुख शिखा से
मातमी केतन

कुछ धुआँ सा है उगलती
देह की चिमनी
कुछ शिथिल सी हो गई है
धड़कती धमनी
अँतड़ियों का खेत परती
भूख का सेचन

शुभम् श्रीवास्तव ओम

मोबाइल - 07668788189, 08381985515
ईमेल - shubham.omji@gmail.com
पुस्तक - 'फिर उठेगा शोर एक दिन' नवगीत संग्रह
पता - ग्राम-बेलवन, पोस्ट-पहाड़ा, मीरजापुर
उ0प्र0, 231001

आँखों में निर्वात

कुछ तो है पर क्या है,
जान कब से है अज्ञात?
सर पर ब्लैकहोल मँडराते
आँखों में निर्वात।

जेहन में जज्बात नहीं
उन्माद नही मुट्ठी में
हम हैं अंतरिक्ष की तृतीयक
भार हीन स्थिति में
अँधियारों की ओर खींचता
कोई हमें बलात।

उलझन वाली रात
ठगे से, जगते दूतावास
इतिहासों के अध्यायों पर
हँसते युद्धाभ्यास
घायल सैनिक माँग रहे हैं
एक और प्रतिघात।

मौन ओढ़ हम

मौन ओढ़ हम
भीतर भीतर
कितना और चुकेंगे?

देखा सुना और महसूसा
सबकुछ फिर अनजीया करना
भौंहे तनी पुतलियाँ बाहर
दकियानूस समय से डरना

मुखपत्रों की
छद्म आड़ में
कितना और लुकेंगे?

तर्कों की भौतिक स्थितियाँ
सहमति और असहमति
आदेशों में बढ़ता प्रतिबल
आशाओं में विकृति

झुकने की सीमा से ऊपर
कितना और झुकेंगे?

संशोधित हो रहा युगों से
कोरम वाला लेटर
सच खुलने की आशंका से
है फरार कॉन्ट्रैक्टर

ध्वंस नीड़ के
विनिर्माण को
कितना और रुकेंगे?

है अँधेरा वक्त जब तक

एक चेहरा इन अँधेरी
कल्पनाओं का बनायें,
है अँधेरा वक्त जब तक
आइए दर्पण उगायें।

गीत बंधक कटघरे में
भाव बोझिल अंतरायें
दिग्भ्रमित अभिप्राय, यांत्रिक
हाड़, धमनी, कोशिकायें

शब्द पत्थरपाट, पिसती
जा रहीं संवेदनायें।

पेड़ परजीवी, नुकीले
फूल, नरभक्षी हवायें
एक नन्ही सी बया का
मुँह दबाती सभ्यतायें

प्रश्न करती अस्मितायें
मौन आदिम भूमिकायें।

देह शापित, तर्क कुण्ठित,
झनझनाहट, यातनायें
आत्मघाती सोच, निर्णय
दृढ़, निडर उत्तेजनायें

नहीं मरने दे रहीं पर,
शिलालेखी आस्थायें।

चुभते हैं कोलाज

सिर पर बढ़ता बोझ
पैर के नीचे खुदी जमीन
नये कैलेण्डर की अगवानी
हर चेहरा आमीन।

चुभते हैं कोलाज पुराने
सहमी हुई सदी की आँखें
दो तरफा संवेग पनपता -
सारे आशय बगलें झाँके

संकेतों ने अर्थ दिये
हालात बड़े संगीन।

मनोभाव कुण्ठित अभिशापित
उच्छृंखल हिपहॉपी नर्तन
कण्ठ खो रही है गौरैया
सपनों का नीरव आन्दोलन

आँगन ने दाने छितराये
लौटा नहीं यकीन।

अंतिम कोशिश हाँफ रही है
झोंक व्हिसल में ताकत पूरी
नहीं ताड़ती मगर नजाकत
यह बढ़ती रोबोटी पीढ़ी

चौराहे के चारों सिग्नल
एक साथ हैं ग्रीन।

संजय पंकज

ईमेल - dr.sanjaypankaj@gmail.com
पता - 'शुभानंदी', नीतीश्वर मार्ग, आमगोला,
मुजफ्फरपुर 842002

संवाद करो

काट रहा है यह सन्नाटा
कुछ मैं बोलूँ, कुछ तुम बोलो!
संवाद करो, शब्दों का रस
कुछ मैं घोलूँ, कुछ तुम घोलो!

ऊपर जलता चाँद अकेला
मैं भी तेरे साथ अकेला।
निकल अकेलेपन से अपने
कुछ मैं हो लूँ, कुछ तुम हो लो!

चलो यहाँ पर जलन बहुत है
अंगारों का चलन बहुत है
चन्द्रकिरण की शीतल डोली
कुछ मैं ढो लूँ, कुछ तुम ढो लो!

शोर प्रकंपित है सबका उर
कौन सुने खामोशी का सुर
कहने से पहले स्वर अपना
कुछ मैं तोलूँ, कुछ तुम तोलो।

संशय में मन डोल रहा है

तनिक न कुछ भी बोल रहा है
अपना यह जीवन है क्योंकर
कुछ मैं मोलूँ, कुछ तुम मोलो।

माँ जागी है द्वार पर

सात रंग से रची अल्पना
सजी कल्पना प्यार पर!
हल्दी लगी हथेली अम्मा
छाप गई है द्वार पर!

कितनी साधें अँखुआई थीं
अरमानों को पंख लगे थे
आसमान तक झुक आया था
दिग्दिगन्त के शंख बजे थे

चंदन चंदन घर महका है
खुशबू वंदनवार पर!
हल्दी लगी उँगलियाँ माँ की
अब भी अंकित द्वार पर!

नन्हे नन्हे पाँव दौड़ते
छू लेते थे कोना-कोना
तितली तितली नाचा करती
ताताथैया जादूटोना

गूँज रहे जो अन्तरमन में
झंकृत हवा सितार पर!
छापे बीच छिपी आशीषें
अटकी अम्मा द्वार पर!

टूटे डैने पैने पंजे
चोखे दाँत लिये घर काटे
जहाँ डाँट भी फूल खिलाती
वहाँ बजे केवल सन्नाटे

मर गयी परी जो मरती थी
बचपन के शृंगार पर!
राजा रानी लोरी थपकी
बोल रही माँ द्वार पर!

गैया गोबर गंध बची है
नागपंचमी त्योहार की
अँगनाई में भरी हुई है
बोध् कथाएँ व्यवहार की

दूब धन से अँचरा भरती
पुरखों के आधार पर!
झरझर हँसी हल्दिया झरती
माँ जागी है द्वार पर!

खुशबू से

खुशबू
तुम तो अंश वंश की
अलगनी नहीं हो!

तुमसे रहती
सदा सुवासित
हर मन की बातें

हँसते हँसते
घर सह लेता
सारी आघातें

बेटी
तुम तो सृजनकोख हो
सनसनी नहीं हो!

आग जलाकर
मौसम जब भी
लू लपटें टेरे

घर भर में हिम
बँट जाता है
हँसते ही तेरे

हँसी
सरित की निर्मल तुम तो
अनमनी नहीं हो!

घर आँगन का
धरती का शृंगार
तुम्हीं से है

इस अगजग का
अम्बर का विस्तार
तुम्हीं से है

हरित पात की
ऊष्मा तुम तो
कनकनी नहीं हो!

संजय शुक्ल

मोबाइल - 8130438474
ईमेल - sanjayshukla2510@gmail.com
पुस्तकें - नवगीत संग्रह 'फटे पाँवों में महावर'
पता - द्वारा-श्री पंकज शुक्ल, सी108, रजनीगंधा अपार्टमेन्ट्स, जी. टी. रोड, साहिबाबाद, गाजियाबाद (उ0प्र0) - 201005

तली में रिसाव

समय बहुत बदला है
बदले हैं चाव
फूल नागफनियों से
हारते चुनाव!

टूट रही रेशम सी
छंदों की डोर
चंदन ख़ामोश मदिर
गंधों का शोर
मूल्य यहाँ गिरते हैं
चढ़ते हैं भाव!

आग से सयाने कुछ
खेल रहे खेल
आँधी तूफ़ानों से
सन्धि और मेल
समय देवता भी अब
झेलते तनाव।

पिसा हुआ पीस रहे
औलिया फ़कीर
साधु संत पीट रहे
एक ही लक़ीर
दीन की दुकानों में
दीखते छलाव!

ज्योति से अनेक ज्योति
बालेगा कौन
दीवालों पर वार करे
पगलाया 'पौन'
सूख रही बाती है
तली में रिसाव!

दिन ये थके थके से हैं

दिन ये थके थके से हैं कुछ
रुके रुके से हैं।

बीते दिन का बोझ आज के
दिन पर भारी है
जिसे जोड़ कल के सिर धरने
की तैयारी है
दिन ये लदे लदे से हैं कुछ
झुके झुके से हैं!

चक्र किया करते दिन पूरा
उगने ढलने का
दहके अँगारों से अपनी
झोली भरने का

दिन ये जले जले से हैं कुछ
फुँके फुँके से हैं!

अपने नाम लिखा करते हैं
खूनी गाथाएँ
बनकर फिर इतिहास कलंकित
भटकें भटकाएँ
दिन ये छिपे छिपे से हैं कुछ
लुके लुके से हैं!

रच न सके उल्लास धरा पर
क्षण मधुऋतु वाले
दिन उदास पतझर के मन में
बुनते हैं जाले
दिन ये झरे झरे से हैं कुछ
चुके चुके से हैं!

प्रभुता का अनुवाद

एक दिवस
लघुता ने बाँचा
प्रभुता का अनुवाद।

घर न लगा
दड़बे सा उस दिन
घिचपिच लगी न भीड़
नहीं उड़ाई गौरैया जो
बना रही थी नीड़
खेतीबाड़ी की
गमलों में

देकर पानी खाद।

मैं ही वादी, प्रतिवादी भी
मुंसिफ और वकील
उठी अदालत बिन बैठे ही
हुई न एक दलील
साथ रहा मैं
अपने लेकिन
हुआ न कुछ प्रतिवाद।

जिया अभी तक कितना, कैसा?
भुला दिया अनुपात
भोला रहना, भला हमें
करना क्या हो निष्णात।
अख़बारों की
तहें न खोलीं
जिनमे भरा मवाद।

संध्या सिंह

ईमेल - sandhya.20july@gmail.com
पुस्तकें - विभिन्न विधाओं की तीन पुस्तकें प्रकाशित
पता - डी-1225, इंदिरा नगर, लखनऊ 226016

ये उत्सव की शाम

लहरों की पाज़ेब पहनकर
जल के ऊपर थिरक रही है
ये उत्सव की श्याम

रंग गगन में घोल रही है
केसरिया नारंगी पीला
किरण समंदर में उतरी तो
खारा जल हो गया नशीला
छलका कर तट पर मदिरा सी
मदहोशी में बहक रही है
ये उत्सव की शाम

दूर क्षितिज पर एक तूलिका
रंग चुरा कर किरन किरन का
रात गले मिलती जब दिन से
चित्र बनाती महामिलन का
चाह लिए रुकने की दो पल
ढलते-ढलते उचक रही है
ये उत्सव की शाम

भरी दुपहरी बंजर बंजर

सदियों सदियों
दुर्गम रस्ते
जन्मों जन्मों हम यायावर

छाया छत विश्राम ठिकाने
बने रहे पथ में अनजाने
झोंके बादल और फुहारें
आये केवल रस्म निभाने

बीज लिए
मुट्ठी में फिरते
भरी दुपहरी बंजर बंजर

अंतहीन सर्पीला रस्ता
दूर क्षितिज पर मंजिल दिखती
किरण पसीने से मस्तक पर
अन्तहीन पगडंडी लिखती

सर पर
धरे लाल अंगारे
तलुवों में पथरीले कंकर

तेज हुए नाखून धूप के
तन पर गहरी लगीं खरोंचे
तिस पर
नागफनी के जंगल
हरे घाव की पपड़ी नोचें

भरेभरे

तालाब नयन के
और कंठ में रेत बवंडर

तभी खिलेंगे वीराने भी

गुम्बद ज़रा सँभाले रखना
तभी बचेंगे तहखाने भी

साफ़ दिखे सूरत रिश्तों की
एक बार रो लेना अच्छा
हर पत्ते से धूल हटेगी
बारिश का हो लेना अच्छा
मेघ उमड़ने दो भीतर तक
तभी खिलेंगे वीराने भी

संबंधों में गाँठ पड़ेगी
कहने मे अवरोध हुआ तो
चिड़िया चुगकर उड़ जायेंगी
व्यर्थ बाद में बोध हुआ तो
खुलकर करो शिकायत अपनी
तभी टिकेंगे याराने भी

ऊँची हैं दीवार मौन की
कैद मिली है जिसमें मन को
अधरों की ये कारा तोड़ो
मुक्त करो अब संवेदन को
वरना होगी नहीं रिहाई
साथ भरोगे हर्जाने भी

कैसे ये बँटवारे गम के

घाव दर्द मुस्कान ठहाके
मिले धरा पर बिना नियम के
कैसी ये तकसीम सुखों की
कैसे ये बँटवारे गम के

कहीं अमीरी के बक्से में
सोना सोना ख़्वाब धरे हैं
कहीं फटी किस्मत का पल्लू
सिक्का सिक्का स्वप्न मरे हैं

जहाँ किश्त पर नींद मिली हो
वहीं फिक्र के डाकू धमके

कहीं कुतर्कों से 'आज़ादी'
रोज़ नयी परिभाषा लाती
कहीं रिवाजों के पिंजरे में
चिड़िया पंख लिए मर जाती

जहाँ भूख से आँत ऐंठती
वहीं पहाड़े हैं संयम के

जहाँ लबालब नदिया बहतीं
वहीं बरसते बादल आकर
जहाँ धरा की सूखी छाती
धूप बैठती पाँव जमाकर
जहाँ थकी हो प्यास रेत में
वहीं भरम का पानी चमके

सतविन्द्र कुमार राणा

मोबाइल - 9255532842
ईमेल - stvndrrn@gmail.com
पता - ग्राम व डाक बाल राजपूतान,जिला करनाल,
हरियाणा 132040

आओ खेलें खेल अनोखा

चलो सजाएँ हम रंगोली, रंग निराले लाओ
आओ खेलें खेल अनोखा, सब मिलकर आ जाओ

बचपन में सबको लगता है, सारी ख़ुशी यहीं है
नहीं रहे हों तन पर कपड़े, इसका दुःख नहीं है
साथ मिलो औ आज़ादी का, सुन्दर पर्व मनाओ

साधन को हम पा सकते हैं, हुनरमंद हैं हम सब
सीधी लकड़ी पोल बना दें, कागज़ ध्वजा बने तब
तीन रंग की रँगकर पट्टी, नीला चक्र सजाओ

अपने मन में बसता भारत, और तिरंगा प्यारा
जिसकी खातिर ही वीरों ने, अपना जीवन वारा
उन वीरों को बना चेतना, खुद के कदम बढ़ाओ

गाएँ मिलकर राष्ट्रगान हम, सावधान हो जाएँ
राष्ट्र ध्वजा को मिलकर सारे, आज नमन कर पाएँ
देश भक्ति का भाव प्रबल कर,जन-जन तक पहुँचाओ

जीवन का संगीत

कर्म साधना से बजे, जीवन का संगीत
चल ये मन में धार के, हो मेरे मनमीत

बूँद बूँद रिसकर गिरे, जो हो टूटी छात
बिन रोके रुकती नहीं, आज मान ले बात
बाँस-फूस ही काटकर,ढक दे खाली भीत।

काम करें जीवन चले, है जीवन अनमोल
पर तू अपने काम से, कभी उसे ना तोल
मग्न रहा हर काम में, रख जीवन से प्रीत।

आगे बढ़ते जब चलें, इक साथी हो संग
कर्म करें फिर साथ में, यह जीने का ढंग।
सच्चा साथी साथ हो, बने हार भी जीत

शरद

दुस्सह सर्दी सी पीड़ा से
सबको हो छुटकारा
पुष्पित टेसू से खिल जाओ
मन हो जाये न्यारा

जगति बनीं ये तरु पतझड़ का
सूनी है हर डाली
जिसको लखकर चिंतित रहता
इस उपवन का माली

रक्तपुष्प तुम डाल सजा दो

हर दल लगता प्यारा

नील गगन के बीच दमक कर
थोड़ा तो मुस्काओ
संग पुष्प सब खिलखिल जाएँ
उनको साथ मिलाओ

हर कोंपल तरु की खुलकर हो
पर्ण पल्लवित सारा

बड़े नगर की चकाचौंध से दूर कहीं

बड़े नगर की चकाचौंध से
दूर कहीं
जीवन पलता है

अधनंगा बचपन वह सारा
कचरे की वह ऊँची ढेरी
मैला मैला दिखता सबकुछ
जैसे-जैसे नजरें फेरी

देख रही दो नन्हीं आँखें
व्याकुलता से हो तर राहें
महलों में जो गई हुई हैं
उसकी ही खातिर दो बाँहें

धँसा पेट पसली के अंदर
दौर क्षुधा का
कब टलता है।

मिट्टी को मिलती है कीमत
मान दिया जाता है उसको
कच्ची-पक्की दीवारों पर
स्थान दिया जाता उसको

माटी बनती अनगढ़ चूल्हा
फर्श इसी का लेप बना है
इसी गोद में खेल रहे हैं
औ इसी में हर तन सना है

मिट्टी से ही तन बनता है
पलता बढ़ता फिर गलता है।

भरे नगर का सारा कचरा
बना हुआ है जो अब टीला
गंदा नाला बहे पास में
वहीं मुहल्ला काला पीला

कचरे की बनती दीवारें
छत कचरे की बन जाती है
कचरे से जो ढूँढ़े बर्तन
उनमें रोटी बन जाती है।

डाल झुग्गियाँ रहता मानव
मानव ही उसको
छलता है।

सीमा अग्रवाल

मोबाइल - 9810290517
ईमेल - thinkpositive811@gamil.com
पुस्तक - खुशबू सीली गलियों की
पता - शक्तिकुंज सोसायटी, सेक्टर 62,
नोयडा, 201309, उत्तर प्रदेश

शर्त है

हम लहर पर आज ही
दीपक सिराना छोड़ देंगे
शर्त है पर,
तुम तमस से
आँख डाले आँख में
बातें करोगे

नीर के हों फ़ैसले जब
आग के दरबार में
मौन के अतिरिक्त तब
कुछ और चारा है कहाँ
बाग़ के क़ानून हों जब
पतझड़ों के हाथ में
तब दुआओं के सिवा
कोई हमारा है कहाँ

हम भटक कर चौखटों पर
सर झुकाना छोड़ देंगे
शर्त है पर

तुम अनय के दंभ मर्दक बन
जयती के स्वर रचोगे

साधनाएँ साध्य से
ज़्यादा बड़ी होने लगीं
साधकों के कद हुए हैं
साधना से भी बड़े
विशद मीमांसा
कुकर्मों की सहेजी जा रहीं
पर सुकर्मी भाष्य सारे
हाशिए पर हैं पड़े

भीतियों की भीत पर
पत्थर सजाना छोड़ देंगे
शर्त है पर
तुम अभय के मंत्र
अंतर में हमारे फूँक दोगे

पीर का व्यवसाय कर
अब काल जीता है यहाँ
सांत्वना भुगतान के बिन
अब कहीं मिलती नहीं
देवता छोटे बड़े
होकर खड़े हैं पंक्ति में
हो गए आशीष भी
सस्ते कहीं महँगे कहीं
हम फ़लाना या ढिकाना
हर ठिकाना छोड़ देंगें
शर्त है पर
तुम अमिट विश्वास बनकर
रक्त में मेरे बहोगे

लड़ना होगा

दीवारों के
सिर्फ कान हैं
नहीं ज़ुबानें
कैसे तेरा हाल कहेंगीं?

घुटनों बीच दिए सर बैठो
बेशक बैठो
लेकिन क्या बदलेगा मंज़र
बस घुटने से
सर पर लटकी तलवारों से
लड़ना होगा
डर तो दूर नहीं होगा
केवल डरने से

विषपायी बेलें यदि आँसू
से सींची तो
हर दिन हर पल
और बढ़ेंगी

आशीषों ने यदि तोड़ी हैं
मर्यादाएँ
तू प्रणाम में जुड़े हाथ को
मुट्ठी कर ले
यदि घर की छत चीर हरण पर
आमादा है
अपनी उँगली पर तू चक्र
सुदर्शन धर ले

हदें तोड़तीं घाघ नीयतें

सही गयीं तो
बेशर्मी से नृत्य करेंगी

कीचड़ की छींटें घर की क्या
बाहर की क्या
दुर्गंधें ही फैलाती हैं
फैलाएँगी
दीमक तो दीमक है अच्छी
और बुरी क्या
जड़ को खोखल करती हैं
करती जाएँगी

घुनी लकड़ियाँ बोलो कैसे
घर आँगन के
दरवाजों की आस बनेंगी

सीमा हरि शर्मा

मोबाइल - 8989110238
ईमेल - seemaharisharma@mail.com
पता - 7डी, 402, रीगल टाउन, अवधपुरी
पिपलानी, भेल, भोपाल, 462022

कब रास आईं शृंखलाएँ

हों भले ही स्वर्ण की
कब रास आईं शृंखलाएँ?

मारकर मन को मिलें जो
स्वप्न वो कैसे जियें?
दासता की गंध जिनमें,
राजता कैसे कहें?
स्वर्ण मण्डित भीतियों में
कसमसाती वर्जनाएँ

बाँधना शर्तों में जीवन
बात कुछ जमती नहीं
लड़खड़ाते लक्ष्य हों
सम्भावना ढहती कहीं
दे रहीं केवल व्यथाएँ
दिग्भ्रमित जो कामनाएँ

कुछ कहो मत
कुछ करो मत
मौन मत यह मानिये

सिर्फ अनुगामी रहे तो
पथ सुगम सब जानिये
राह अपनी जो गढ़ी
चलने लगीं आलोचनाएँ

आँगन की परिपाटी

'मैं', 'मेरा' में सिमट गया जग
प्रेम प्यार परिहास हो गया
सम्बंधों का साथ निभाना
पिछड़ापन, इतिहास हो गया

साँझे दुख थे, साँझे सुख थे
साँझे व्रत त्योहार सभी
साँझे सपने, साँझे चूल्हे
साँझे कारोबार सभी
तुलसी चौरे, हवन वेदियाँ
हुए विलोपित घर से अब
आँगन की टूटी परिपाटी
निजता का अधिवास हो गया

आडम्बर से लदे हुए सब
रिश्ते मन से दूर हुए
संवेदन से हीन हृदय,
घन भावों के कर्पूर हुए
अपनों से क्या आस रखें जब
खुद की खुद से दूरी है?
बिन चीनी के व्यंजन जैसा
फीका अब विश्वास हो गया

सूरज से रिश्ते बनते थे
किरणें माथा सहलातीं
बारिश की बूंदें माटी में
सोंधे सपने महकातीं
रहना भूले संग संसृति के
संस्कारों को त्याग दिया
आवरणों को ओढ़ा, सरल
सहजता को वनवास हो गया .

जग की कहानी हो गये

नैन की कोरों बहे चुपचाप सारे,
गीत थे अनमोल,
पानी हो गये

देखकर भी चुप रहे, आँसू उफनते,
मौन रहकर, हो कलंकित,
बह गये कुछ
जो अडिग चट्टान से,
अड़कर रहे वो
शब्द सारे ही सदी से
कह गये कुछ
पीर जब जग की लिखी,
अपनी समझकर
गीत सब जग की
कहानी हो गये

उत्सवों में आवरण से ही उलझकर,
वीथिका मन की कभी गुजरे नहीं जो
आँख, कानों ने सुने, देखे, पढ़े पर

शब्द मानस में कभी
ठहरे नहीं वो
धड़कनों से जो लिपटकर
शब्द निकले
गीत वो सबकी जुबानी हो गये।

पृष्ठ से होंगे विलोपित जब समय के
धुंध में विस्मृत कहीं खो जाएँगे हम
बह उठेगें गीत फिर
जग के अधर से,
हम न होंगे गीत बस
हो जाएँगे हम
जी उठेंगे शब्द में जब प्राण फिर से
गीत वो जीवन निशानी
हो गये

सुलभ अग्निहोत्री

मोबाइल - 9839610807
ईमेल - sulabhagnihotri.kan@gmail.com
पुस्तकें - पूर्व पीठिका (रामरावण कथा, खंड1)
दशानन (रामरावण कथा, खंड2)
पता - ठकुराना, कन्नौज, 209725

तुम वसंत पाहुन दो मुझको

इन्द्रधनुष सखि बुन दो मुझको!
मन नंदन कानन बन जाये
तुम वसंत पाहुन दो मुझको।

अधरों पर सौरभ बिखराये,
आँचल में सुवास भर लाये,
मेरे गीत फूल बन जायें
अलि थोड़ी गुनगुन दो मुझको।

उत्साहों के पंख पवन को,
दे दो सारे स्वप्न किरन को,
जिनको कोई बँटा न पाए
अपने कुछ पल चुन दो मुझको।

हाथ थाम लो आकर संगी,
आज छेड़ दो मन सारंगी,
स्वर उठकर अम्बर को छू लें
वह अनबोली धुन दो मुझको।

चाँदनी फिर पिघलने लगी है

चाँदनी फिर पिघलने लगी है
आँसुओं से धुली वो इबारत
गीत बनकर मचलने लगी है।

रोते रोते हुए पस्त शिशु से,
भावना के विहग सो गये थे
साँझ की डाल सहमी हुई थी,
भोर के पुष्प चुप हो गये थे
फिर अचानक हुई कोई हलचल,
जैसे लहरा गया कोई आँचल
उनके दिल से उठी एक बदली
मेरी छत पे टहलने लगी है।

इक ग़ज़ल पर तरह दी किसी ने,
भूला मुखड़ा पुनः गुनगुनाया
प्यार से साज की धूल झाड़ी,
मुद्दतों बाद फिर से उठाया
तार छेड़ें अभी या न छेड़ें,
सुर सजायें या कुछ और ठहरें
मन की पंचायतों में इसी पे
कशमकश रोज चलने लगी है।

जिस्म ठंडा पड़ा था सुमन का,
कुछ हरारत सी आने लगी है
कब से सोई पड़ी खुश्बुओं में,
जिन्दगी कुलबुलाने लगी है
गोद में तितलियों को उठाये,
झाँक खिड़की से देखा हवा ने
खोलकर बेबसी के किवाड़े

फिर खुले में निकलने लगी है

कर्म ही यजमान बनकर होम करते हैं

उनका अभिनंदन है जो कुछ कर गुज़रते हैं।
भाग्य की प्राण-प्रतिष्ठा के हवन में भी
कर्म ही यजमान बनकर होम करते हैं।

मेरे शब्दों को अभी स्वर की तमन्ना है,
फड़फड़ाते पंख को आकाश बनना है,
वेदना के गर्भ में संकल्प पलता है
हर अमा को चीरकर सूरज निकलता है
आश्वासन आस से परिहास मत करना
आँसुओं से अन्ततः अंगार झरते हैं।

चेतना की बाँसुरी को स्नेह की सरगम,
भावना को दे नये उद्गम, नये संगम,
ओस बन अन्तःकरण के कुसुम को धो दे
बीज प्राणों में नये उत्साह के बो दे
दोस्त बन संवेदना संजीवनी जिससे
रूह तक पैठे हुये नासूर भरते हैं।

शक्ति सत्ता में सहज सद्भावना भर दें,
रुँधे कण्ठों को जो बल दे, शब्द दें, स्वर दें,
वे सहज मन की गली में घर बना लेते
सृष्टि के इतिहास को धड़कन नई देते
पत्थरों पर नाम खुदवाने नहीं जाते
जो खरे मन की कसौटी पर उतरते हैं।

मेघ सा अन्तःकरण दो

भीम के उरुभंग के प्रण का करे क्या,
पांचाली को शरण दो।
पाण्डवों से फिर निराशा ही मिली
केशव इसे लज्जा वसन दो।।

झोलियाँ अपनी उठाये
जो न हक पहचान पाये
तलहटी में साँझ की बन वीतरागी बैठ जाये,
मूक प्रतिवेदन समझ
अब आँख की आते नहीं हैं
मौन की भाषा बने जो नाद अनहद
उसे मुखरित व्याकरण दो।

धूप की कलियाँ खिलीं
सारे बदन में आक बनकर,
बर्फ की सिल्ली जमी सम्बन्ध का इतिहास बनकर,
बादलों का धर्म होता है
पिघलकर सींच जाना
प्राण को विश्वास को यदि दे सको तो
मेघ सा अन्तःकरण दो।

www.ingramcontent.com/pod-product-compliance
Lightning Source LLC
LaVergne TN
LVHW100239051026
849517LV00006B/1924
* 9 7 8 9 3 8 7 3 9 0 1 3 3 *